KB042070

거울의 시간

시작시인선 0447 거울의 시간

1판 1쇄 펴낸날 2022년 10월 28일
지은이 김유진
펴낸이 이재무
기획위원 김춘식, 유성호, 이형권, 임지연, 홍용희
책임편집 박찬세
편집디자인 민성돈
펴낸곳 (주)천년의시작
등록번호 제301-2012-033호
등록일자 2006년 1월 10일
주소 (03132) 서울시 종로구 삼일대로32길 36 운현신화타워 502호
전화 02-723-8668
팩스 02-723-8630
블로그 blog.naver.com/poemsijak
이메일 poemsijak@hanmail.net

ISBN 978-89-6021-675-4 04810
978-89-6021-069-1 04810(세트)

값 10,000원

*이 시집은 2022년 원주문화재단의 문화예술지원사업으로 발간되었습니다.

거울의 시간

김유진

천년의 시작

시인의 말

오랫동안 시를 짓고 있으나
시를 모른다고 말할 때가 가장 행복하다.

2022년 가을

차 례

시인의 말

제1부

반얀나무 아래 ——— 13
크루아상의 꼬리 ——— 14
홀로그램 ——— 16
파프리카의 고백 ——— 17
해변의 노래 ——— 18
닫힌 문 뒤에는 ——— 20
입 안의 닻별 ——— 21
구두의 성격 ——— 22
생각이 든 커피 ——— 23
거울의 시간 ——— 24
인그레이빙 ——— 26
숲의 저녁 ——— 27
풍경의 완성 ——— 28
콩나물의 하루 ——— 30
유화 앞에서 ——— 32
반계리 은행나무 아래 ——— 34

제2부

다시 봄이 ——— 37
숲의 상처 ——— 38
비의 빗소리 ——— 39
나무가 되었어요 ——— 40
물결 ——— 42
내 이름 꽃마리 ——— 43
한 남자가 사는 법 ——— 44
가을 에스키스 ——— 45
그날은 비가 ——— 46
풍경을 흘리다 ——— 47
망각 연습 ——— 48
말의 도덕 ——— 50
유리구슬 ——— 51
눈사람 ——— 52
어두운 잔뼈들 ——— 53
어떤 말 ——— 54

제3부

금용金龍 반점 ——— 57
닭의 한 시절 ——— 58
봄의 주머니 ——— 60
상승기류 ——— 61
산책 길 열람 ——— 62
지상의 밑동 ——— 64
굴뚝의 표정 ——— 65
그 길에 ——— 66
술과 병 ——— 67
후반기 ——— 68
혼밥의 이력 ——— 70
낡은 엘피판의 크레이터 ——— 71
모서리 끝 틈새 ——— 72
호두알 두 개 ——— 74
웨이터 ——— 76
우기雨期 ——— 77
녹차 한 잔 ——— 78
찔레 ——— 79
단풍 ——— 80

제4부

노을에 물들다 ——— 83
개나리 빌라 104호 ——— 84
사진 찍기 ——— 85
싸리꽃 ——— 86
계단의 태도 ——— 87
늙은 밤 ——— 88
블루와 블랙 사이 ——— 90
시시, 詩 ——— 92
풀의 풀빛 ——— 94
하루 ——— 96
유월의 촉觸 ——— 97
돈벌레는 돈이 없다 ——— 98
눈의 배후 ——— 99
버퍼링 ——— 100
시간 현상소 ——— 102

해 설

이오장 언어와 사고의 가장 내밀한 본질을 더 깊이 이해하기 ——— 103

제1부

반얀나무 아래

척박하고
얇은 토양을 어찌 알았을까
헌 몸으로 저토록 오래 살았으니
헐고 부서진 시간의 저편을 미리 알았을까
땅의 힘을 다 믿지 않고
하늘의 기운을 받기 위한 처절한 몸부림이던가
머리를 산발한 현자의 가부좌 튼 모습이
어김없이 도인을 닮았다
하늘로 솟구친 빼곡한 나무의 이야기가 땅을 향한다
그늘이 깊어서 하루 반나절, 나무 아래 앉아 있으면
내게도 지혜 한 움큼 얻어 갈 수 있을까
나무의 손이 땅에 내려와 흙을 붙잡고
다시 하늘로 오르는 영특한 방법을 반얀의 숲에서 배운다
여기에 오면
적어도 살아가는 방법 하나쯤은 얻어 갈 수 있겠다
아물지 못한 아픔이나 슬픔의 조각을 떼어
나무 밑동, 생각의 저장고에 묵힌다면
반얀이 품은 지혜의 가지를 내 늑골에 하나쯤 심어 주겠다

크루아상의 꼬리

꼬리가 길어서 잠이 달아났네요
잠을 접고 밤을 접고
침대를 접고 또다시 웃자란 꼬리를 접어요
아홉 겹을 접으면
키울 게 없어서 그만 슬퍼질 때입니다
어둠이 서쪽에 누워서
그만이 아는 언어를 가지고 마지막 놀이를 장식하죠
난 모르는 일이고 누구는 아는 듯해요
다 초승달 뒤에 박히는 막다른 그림자 때문이죠
꼬리가 어둠에서 나올 수 있도록 표백제를 써 봐요
부질없다는 걸 한참 후에 알지만……
두 손과 하나의 칼로 어둠을 자르면
찢어진 아침이 올까요
힘이 없어 여기서 기다리기로 해요
꼬리 뒤에 숨어 오는 그림자는 그냥 배우기로 해요
뱅뱅 도는 슬픔은 밤을 부수어 오므린 입으로 한 저름 먹지요
나를 좀 더 깊이 봐요
초승달만큼 환히 보이죠
달 뒤에 숨은 꼬리는 가슴에 좀처럼 나타나질 않아요
밤이 어둠을 좀먹고 있네요

잠시라도 그림자는 멈추지 않아요
내게서 버려지는 것들만 끝끝내 고여 들어요

홀로그램

개나리가 복용한 감기약 효능이 헐거워지는 시간입니다
모두의 시간이 온전히 전달되지 않았습니다
뒤늦은 비명에 금이 간 접시를 핥으며
여기저기 긁히며 외로이 못 가 본 길을 냅니다
열병에 지친 나무들이 새벽을 깨우고
다 스며들지 못한 황금빛을 하나씩 엮고 있습니다
나무에 적어 둔 색깔이 서서히 지워지며
구름은 스스로 맺힌 물방울을 잊은 듯
하늘을 휘젓고 다닙니다
내 안의 나를 찾으러 떠나는 여행의 여행
오래 내버려 둔 어깨가 무거워지며 몸을 짓누릅니다
잠시의 굴절이 감정처럼 흘러내리고
우리는 우리의 금 간 손바닥을 훔치며
구름 위를 유영하던 깨어진 빗방울이
영롱하다는 것을 알아 갑니다
공간에 반짝이는 입체의 사실은
눈의 각도와 연관된다는 믿음에서 출발했습니다
보이는 것과 보이지 않은 것의 경계에는
무지개가 살아 오래도록 무형을 바라봅니다

파프리카의 고백

사실 난 언덕이 많아요
색색별 튼실한 주름이 언덕을 잔뜩 키웠어요
텅 빈 속 있음을 감추기 위해
무엇을 채워야 할지도 모르면서
언덕에 힘주어 굴곡만을 깊이 만들었죠
모난 세상이 얄미워
난 둥글지 않기로 했어요
울퉁불퉁 옆집 아줌마 같지만
사실 원색의 주름진 바지를 예쁘게 입고 다니잖아요
다이어트는 내 생애 꿈꿀 수 없을 것 같아요
그건 서럽지 않아요
가끔 피망이 놀러 와 용기를 주곤 하죠
그러나 밤이 되면
근심이 쌓여 공허한 시간이 주름 이루죠
여린 씨들이 빈방을 채우며
저마다 익어 가는 생生의 기록들이 짠해지는……
오늘도 고민한 만큼 언덕이 더 많이 늘었어요
이번 생은 결코 익숙해지는 법이 없군요

해변의 노래*

일렁이는 표정 뒤로
파도는 수평선으로 돌아간다고 말했습니다
미샤*의 활이 모래에 닿을 때마다
부서지는 바다는 슬픔의 알갱이를 하나씩 모으고
바다는 직선이 아닌 곡선만 믿으며
사라진 음표가 오선지에 하얗게 달라붙습니다

파도가 밀려옵니다
모래에 파인 발자국을 잘게 디디며
허공에 띄운 마음을 빗자루로 쓸어 봅니다
활의 곡선이 숲에 이르러
그 먼 곳의 파도를 부르고 있습니다
숲에 찾아온 해변이
오래도록 그에게 안식이 될 것 같아서
풀을 잡던 손이 그만 자욱해집니다

초목의 뿌리가 깊어지고
실패한 나무들이 드넓게 자라납니다
미샤의 활 주름이 선율이 되어
다시 그 숲으로 돌아간다고 말했습니다

숲의 문을 열기 위하여
오래된 열쇠를 찾아야 하겠습니다
갈참나무의 쇠락한 햇빛 속으로
풀들이 그의 손에 눈물 한가득 빌려주고 있습니다

* 〈해변의 노래〉: 나리타 타메조의 첼로 곡 제목.

** 미샤 : 미샤 마이스키(첼리스트).

닫힌 문 뒤에는

순수했을까
빗물 속에 멀어지는 발소리처럼
검정 우산 같은 운명이 한 시대를 마감하고
그 문을 떠날 때, 과연 순수했을까
어둠이 선물이라며
달게 받아먹었던 땅의 표징들이 무뎌지고
마르고 흐르다가
어느 구석진 자리에서 하나의 문을 생각하겠지
가끔은 겹겹의 미로에
문은 보이지 않아서
무딘 손끝이 습관처럼 허공을 붙들고 말아
어디쯤 왔을까
굳은 다짐이 한참이나 멀어 보여
오래도록 닫힌 문 뒤에는
휘어진 구름과 축축한 그림자의 숲이 되고 말지
순수했을까
이 말끝에는 족히 늑골 하나쯤에
속눈썹 같은 눈물 한 방울은 매달겠지

입 안의 닻별

짠 내 묻은 저녁이
입 안에 가시를 물고 아파 왔다
가시는 독을 품고 잔뜩 부풀어 올랐다
여린 귀퉁이를 사정없이 허문 것은
한동안 시간을 숭숭 갈아 낸 대가임이 분명하다

가능과 불가능의 씨앗을 입에 물고
추운 각도와 정오의 이유 없는 사유가 원인이 아닐까
되돌아온 통증에 불편은 이어졌다
상처가 뭉개질수록 깊이는 완성되는 듯
입 안 가시가 마음을 쓸어 내며
입술의 반경을 휘감아 멀리 가려고 했다

불편한 점막들이 하루를 견디고
하얗게 표백한 통증에 나의 밤은 끝없이 얇아졌다
아직 마르지 못한 무릎이
입 안에 붉은 전구알을 주렁주렁 매달고
220볼트 스위치를 자꾸만 올리고 있다
부푼 살이 제 몸을 찢는다

구두의 성격

비 오는 날은 걷기 싫은 거다
반질거리던 얼굴에 화장 색이 지워지고
구두끈은 어제보다 느슨하여 긴장이 풀어지는
축축한 발바닥이 헐렁해지는 날
이런 날은 무조건 허리를 웅크리고 접어야지
표피에 붙었다가 분리된 상처가 아직 아물지 않았지만
습기의 기억에서 지우는 것은 그리 어렵지는 않아
오로지 바닥의 뜨거움이나
돌멩이의 입맞춤이 반갑지 않던 날이 지나
무거워질수록 가까워지는 운명의 벽들을 돌파하며
가늘어진 뼈대를 부추기고
어깨는 어제보다 한 뼘 더 둥글게 말아야 하지
발목이 내 몸을 누를 때
난 힘을 내어 세상 밖의 너에게로 한 걸음 다가서지
변함없이 고정된 목소리의 힘, 또각또각을 발등에 새기며
코끝에 내민 눈의 중심을 바로잡고
하나씩 한 번씩 기울지 않고 걸어가는 법을 익히지
내 안에 절반쯤 걸쳐진 바닥의 뿌리들이
밑창이 얇아진 발목을 신고
건널목 신호를 한동안 기다리지

생각이 든 커피

창밖은 비에 흠씬 젖었다
창틈으로 들어온 빗물이 잔에 한 방울 섞인다
눈썹처럼 짧은 한 모금에
따뜻함이 부스러지고
흰 연기 같은 말이 잔에서 올라온다

스푼의 둥근 궤적이 창을 뿌옇게 한다
테이블에 고개 숙여 침묵하는 사내의 사유는 무얼까
커피 한 모금에 빗줄기는 굵어지고
또 한 모금에 바깥이 비에 포획된다

쓴맛이 입 안에 그대로 남았다
밤새 젖었던 비의 맛이 이런 맛이었을까
입 안에 별이 돋아나
쇠락한 혓바닥을 자꾸 문지른다

오랫동안 펼쳤던 어깨가
힘들게 커피 잔에 섞여 동체를 이룬다
검은 물웅덩이를 지키느라
주변은 내내 뿌옇고 희미하도록 요란스럽다

거울의 시간

반사를 원칙으로 세웠다
거짓말 같은 표정은 한 번도 완성치 않았다
덩치의 절반 차지한 한쪽 눈은
투명한 옷에 보호색 없이 허공에 살아야 했다
열등과 진보가 교차하며
가진 것이 허울을 날로 입은 날카로움뿐
허허한 벽면에 앉아 누굴 빤히 쳐다보는 습관적 태도나
뾰족한 성격은 그의 오래된 이력이 되었다
붉은 입술은 악어를 닮아 입을 크게 벌리고
공중을 빨아들이는 흡인력은 따라잡을 수 없는 너의 마력
가끔 몸을 살리기 위해
검고 정직한 입을 사용했으나
오염된 눈빛을 다 끄집어낼 수는 없었다
외면해야 할 건 이제 흔적밖에 없다
슬픔 속에서 빛나던 것은
평면 밖에 살던 바닥이 사라져 한동안 기뻐한 적이 있다
황사같이 흩어지는 시력 저편에
하루에 하루 더한 분신들이 출근한다
저녁이면 낯선 옷을 껴입고 돌아와
금이 간 표정을 너에게 한 움큼 걸어 둔다

하지만 이제 더는 발효되지 않는
껍질의 그림들로 슬퍼하지 않겠다

인그레이빙

깊이 당겨지는 것은 둘레가 필요한 것
말하자면 영양가 없이
빈 병 속에 가두어진 이물질이나
기억 못 하는 이름은 본인이 아니어도 괜찮습니다
힘을 주어 가두는 작업이 본업이어서
힘줄마다 명랑한 선이 붙어서 따라다닙니다
한곳에 모인 형식이 어떤 이야기를 전개하기도 합니다
오래도록 남아서 견디고 쇠락하는 문명이기에
촉감은 언제나 까칠하고 앙상해 보입니다
오래전 죽었던 색감이 되살아나
기도하며 푸른 잎사귀를 부르기도 합니다
선을 따라 둘레를 생각하며 철저히 비움을 유지해야
극지에 도달한다고 합니다
돌출에 대해 바늘처럼 뾰족한 고민이 필요하며
가라앉은 선은 관통의 의견을 들어야 할 것입니다
악사의 오래된 지문이
자귀나무 그늘처럼 깊어만 갑니다
운명이 어둠 속에 잉크처럼 번져 가는 것도 모르고
선 끝에 새긴 잔뿌리가 간혹 지워지기도 합니다
어디서부터 처음일까요

숲의 저녁

한 그루 구상나무가 모자라
실패한 숲에 왔습니다
숲은 알고 있는 듯 손을 흔들고
외로움에 고요한 수채화가 됩니다

하늘로 가지를 펼치는 나무들의 산책 길
나무는 나이테를 간직하고
사람들은 주머니에 근심을 넣어
균열의 발길을 숲에 하나씩 놓아둡니다

저녁을 기다려 숲에 다시 왔습니다
숲은 표정 없이 깊이 익어 가는 중입니다
충분히 물을 먹은 나무들이
가지에 옷을 걸치며 귓속말로 나를 위로합니다

난 지금 나무에게 깊어 가는 중입니다
발끝에 맺힌 물의 의미가 숲에 기대어
허황하지 않은 나무의 이야기를 듣습니다
숲의 저녁이 이렇게 약속이 깊은 줄 한동안 몰랐습니다

풍경의 완성

오늘도 어제처럼
물가에 앉아 둑 건너를 바라본다
밀려가는 낙엽의 바람들
흔들리는 가로수에 휘어지는 몸짓들
바람은 이럴 땐 경계를 세우고
사막처럼 모래의 울음을 듣는 듯했다

어쩌다 바람이 가신 날에는
가벼운 표정에 희고 도톰한 물빛이나
발등에 젖은 빗물 같은 슬픔이나 하는 것은
어떤 이유로든 가슴뼈처럼 기울어져 갔다
잎을 다 내린 가지에 어둠이 가시고
빗물 젖은 길섶에 잡초와 개망초가 문을 내리면
난 긴 여행에서 막 돌아온 유랑자처럼
흔들리는 가지마다 따옴표를 하나씩 올려놓았다

바람에게 말을 건네고
바람 속에서 휑한 이야기를 들으며
더 환히 소리치는 바람의 뒷모습에서
빈약해진 기억들이 풍경 끝에 마침표처럼

슬픔의 순간을 끝끝내 지워 가며
아득히 멀어질수록 더 멀어서
카랑한 공허함이 보이지 않을 때까지
나는 오래도록 묽은 뼈대에 잠들다가 투명해질 것이다

콩나물의 하루

애들아, 좀 춥지?
우리도 펭귄처럼 몸을 딱 붙이자
남아 있는 물기도 아껴서 먹고
이제 몸 부풀리는 것은 멈춰
노랑머리는 다 수그리고 다리는 구부려
몸을 줄여야 해
저기 돌아가는 기계적 추위를 막아야 해
비닐 옷 한 겹 입어서 그나마 하루는 버티겠다
어둠 속에서 잠들지 말고 깨어 있어야 해
우리 노래 부르자
오선지에 그려진 콩나물 노래를 다 기억하지
자 시작해, 따뜻해지도록 크게 부르자
이후 가끔 전등불이 켜지고
이웃들이 외출 나갔다 몇몇은 돌아왔다
홀쭉한 몸으로 돌아왔다
그중 몇은 보이질 않았다
엄마 콩나물이 밤새 노란 불을 켜고 아기 콩나물을 품었다
다음 날, 문이 열리고 엄마와 동생들이 외출 나갔다
종일 기다려도 오지 않았다

바깥에서 나는 엄마 젖 냄새에

아이들의 노랫소리가 냉장고 속에서 노랗게 펴졌다

유화 앞에서

낡아 보여도
끝까지 살아남아 보이는 점들이 있다
사각의 틀 안에 뭉쳐진 오색 선들이
세월을 품은 채
눈동자를 집합시키고 내 발길을 묶는다
죽었으나 호흡하며 살아 있는 생명체
시간을 건너온 축제의 평면들
가늘고 긴 점들이 모여 선의 환상을 연주하고 있다

붓끝에 모인
고독이나 외로움이 깊어질 때
색의 방식으로 풀어 간 삶들이 발화한다
형상들이 숨 쉬며 자신만의 방식으로 움직인다
모두 눈빛이 살아 있다
예고 없이 찾아오는 손끝의 아픔이나 쓸쓸함이
바람처럼 푸른빛으로 인사를 할 때
우아한 빛의 입자들이 모여 열정의 봇짐을 푼다

그만의 색을 찾아서
오로지 태양을 안고 하늘로 오르다

깊은 파도 소리에 바람 하나를 멀리 던졌다
선을 끝까지 길이라 읽으며
점 하나에 무릎이 푹 빠지는 붓질에
상념을 튀어 올라 공명의 파동을 조율한다
그냥 한동안 서서 바라보다
내가 그의 색칠에 한참이나 빨려 들어간다

반계리 은행나무 아래

아름드리
은행나무 아래에 왔습니다
바람을 품으며
바람의 말을 듣는 나무
지혜를 입고 소유를 버리는 나무

저 거룩한 이파리들 사이에
가벼운 날개 하나
늦게 일어나 꽃을 피웠습니다
그 나무 아래에 오면
누구나 마음의 창에
가을 나무 한 그루 서 있습니다

제2부

다시 봄이

그것이 무엇이었을까
알 수 없는 곳에서 깊이를 물었다
죽음 끝에 다시 소생하는 늑골에서
가리키는 남녘 바다의 넓이는 알 수 없으나
한번 다녀간 뿌리의 가장자리는
흔적 없이 그저 어두운 뒷면이었다
초병이 순회하듯 발가락 끝에 다시 초봄이 왔다
노랫말 후렴처럼
날지 못하는 놀이터의 바이킹처럼
겨울에 못다 버린 울음이 푸르러 잎들이 올라온다
이즈음, 내 호주머니에 둥지를 튼 새들이
세월을 만지다 구름을 먹은 뒤 비릿한 청알을 낳는다
펄럭이는 호주머니를 헤집고 나온 햇살에
한 번쯤 상처 난 발에 아득해지는 손끝처럼
아픔의 치유가 시詩라면
회복의 시간이 내일처럼 빠르게 다가오겠지
무한의 시간 속에 나를 비추어 본다
봄이 쪽방 문을 여는 그곳에서

숲의 상처

산으로 들어간다고 말했습니다
어제와 같이 바람은 아무 소용이 없습니다
흔들어도 산은 그대로 산으로 들어갔습니다
수면의 산 그림자는 예전처럼 표정만 빌린 것뿐입니다
찢어진 숲이 물가에 나와
아물지 못한 상처를 어루만지고 있습니다
바람이 상처를 꿰매고
바람이 스스로 숲을 지우고 있습니다
지우는 일이 사는 일이라
사람이 사람 아닌 것에 매달려 살아온 날이
전생이 아니라는 것쯤은 알고 있습니다
자주 들여다본 숲은 오래되어
낡고 가난한 몸을 자욱하게 만들고 있습니다
돌아가야 할 시간이 집요하게 뿌리를 건들고 있습니다
숲이 사는 산에 들어와
오래된 나무마다 하나씩 문을 세우는 것은
보이지 않는 뿌리의 열쇠를 온전히 찾기 위함입니다
상처가 깊어집니다

비의 빗소리

비에서
낮은 신음이 들린다
아픈 것은
다 빗물에 고여 있다
비 내리는 새벽
내 늑골에서도 빗소리가 들린다

빗소리가 빗소리를 모른 채
가까이 왔다가 멀리 달아난다
비가 더 와야 알겠다
고이지 못하도록
다 씻기어 귀가 어두워지도록 말이다

빗물이 빗물을 다 씻어
그토록 맑아져 외롭고 화려해진다면
죽어도 죽지 않았을
내 축축하고 배고픈 울음이
조금씩 울창해지며 숲이 되겠다

나무가 되었어요

바람 부는 날
오히려 기분이 좋아져요
몸에서 자란 아이들이
입을 열어 풍선이 되거든요
풍선이 하늘로 오르며
바람의 말이
철학자의 이야기처럼 딱딱하게 들리지 않아요

난 오래전 결심했어요
멀리 가지 않고 한곳을 지키며
땅과 하늘을 배우는 굳건한 나무로 살리라는……
오늘 바람은 남쪽에서 시작됐어요
거긴 늘 바람이 따뜻하니까요

수많은 나무가 엄마가 되어
두 팔 벌리고서 새들을 모으고 계시죠
소리가 들려와요
정다운 새소리에 날마다
몸에 물소리를 들으며 자라고 있어요

>

난 내가 좋아하는

구상나무 옆에서 시를 쓰며

아무에게도 부딪히고 싶지 않아

내 몸에서 자라는 나무를 하나씩 불러 모아요

물결

마음 안에 허투루 흐르는
물결이 아까워
미끄러지는 바람에 한참이나 불려
길고 가늘게 다듬었습니다

콩물 같은 숨결이 한 움큼 모였습니다
군불 지펴 데우기를 잠시간
슬픔이 익어 가며 붉은 냄새가 났습니다

주걱으로 동그랗게 원을 그리며
몇 방울 간수 같은 말, 톡 떨어뜨렸는데
물결이 서로를 알아보고 희게 뭉치었습니다

천 일 동안
가마솥에 둥글게 둥글게 저은
할머니 두부의 깊고 아름다운 맛처럼
물결이 행복 곁으로 하얗게 걸어가는 저녁이었습니다

내 이름 꽃마리

빙글빙글 생각이 구르다
햇빛에 부서지는 여름 같은 오후
낮이 짧고 꼬리가 긴 봄이었다
알지 않아도 될 사유를 감았다 풀었다가
되감는 것은 깊어진 줄기의 파란波瀾 때문일까

실타래 감아 놓은 봄빛 따라
바람과 노을이 피는 꽃밭을 일구어
꽃씨에 꽃말 하나씩 꺼내어 달게 심어 주고
손바닥에 초록 잉크 한 방울 호호 뿌려
오래 기억될 이름으로 허리춤에 붙여 주었다

거칠어진 풀손으로
산괴불주머니에 노루귀를 어루만지다가
여린 하늘색 꽃 주머니를 살 속에 숨기고
이내 자신의 이름을 꽃마리라 했다
꿀벌이 아침저녁으로 꽃의 눈물을 받아 갔다

한 남자가 사는 법

한 남자가 새장에 산다
새가 사는 집에 남자가 산다
새들이 위로하자 그만 새가 되어 산다
사랑은 깃털로 표시하며
다툼은 입술에 붙은 부리로 한다며
얇아진 두께의 어깨로 산다
가끔은 외출하며 저녁밥은 근사하게 먹는다
가끔은 밖에서 새장을 바라보며
집이라 생각지 않는 남자는
새장의 새들을 모두 풀어 주었다
그는 새장에 혼자 들어가 한 사나흘 먹지 않고
새 가슴이 되어
떠나보낸 새들의 안녕이나 사소히
그들의 저녁 식탁이나 반찬의 가짓수를 헤아렸다
남자는 새장의 창문을 닦으며
저기 먼 아프리카는 갈 수 없지만
운동화를 신고 줄넘기한 수요일을 건너
내일로 상승할 수 있을 만큼
다리를 길게 만들어 바람 곁에 세워 둔다고 했다
질긴 날갯짓의 허공을 열기 위하여

가을 에스키스

네 얼굴이
시원하다 못해 추워졌다
사막에 이는 가을바람은 당연한 것
나는 기억 없는 모호함을 멀리 던져 버렸다
여름 이야기는 부끄러운 뿌리가 되고
너른 운동장은 초라하게 좁아졌다
이른 듯, 긴 새벽에 차를 몰고 내달린다
불길한 운명처럼 네 개의 둥근 소리가
먼 곳으로부터 가까운 시간을 끌어당기며
하루의 그림자가 바닥에서 소멸한다
차는 불현듯 정지하고
짙어진 우물에 물 한 모금 끄집어 올린다
모든 창문이 창백해지고
시작을 알리는 예배당 찬송이 발끝에 닿는다
잠시의 시간이 흐른 뒤
슬픔이 쌓인 작은 묘혈에
노란 나뭇잎들이 자꾸만 부풀어 올랐다
투명 구름의 평화는 도대체 어디에 머물까
죄인들이 엎드려 숨을 몰아쉰다

그날은 비가

밤사이
낙숫물 소리가 시계 초침 같았다
머리맡이 푹신하게 젖었다
산만했던 어제가 단순해지고
고요가 깊숙이 존중받았다
밤에 내리는 비는 소리를 자주 바꾼다
수도승의 목탁 소리처럼
어떤 때는 우는 아이처럼
아무도 귀담아듣지 않지만
꾸준히 몸에 들어와 잠든 침대를 깨운다
젖지 않는 피안의 세계에
얼마든지 젖은 것들이 자라나
서로의 얼굴을 만져 달라고 했다
그날은 비가
죽지 않고 끈질기게 살아 냈다
나는 잠시 눈을 떴다가 사라졌다

풍경을 흘리다

내 주머니 속에
아무것도 아닌 것이 간혹 풍경이 된다
풍경이 표정이 되는 것은 오래된 일
손에 쥐어진 길이 회복하기까지
표정은 풍경의 그림자를 담아 등 뒤에 머문다
경계선 밖은 표정이 허물어지고
풍경이 놓아 버린 허공의 삶은 거창하지는 않았다
어디에 닿아 있고
어디로 가는지 몰라 허덕이는 뾰족한 틈새로
상처에 덧난 금을 여러 번 긋고
지우다 다시 새기고 지우기를 반복
일상의 아픔이 흐릿한 필수품이 되는지 물어볼 일이다
나는 왜 여기에 있고
너는 왜 거기서 썩지 않을 유언을 던지는가
상처를 씻어 주는 새벽 비가
소곤대며 자유로이 내리는 시간
웃지 않는 새들이 비에 젖지 않으려
머리를 가슴에 묻는다
내 바짓가랑이 밑으로 검은 시간이 붉게 흘렀다

망각 연습

문밖에 사는
나무의 수명을 알아 가며
문 뒤에 서서
풀 수 없는 질문의 의미로
나를 잃어버린 채
내가 누구인지 다시 묻습니다
볕뉘 같은 어둠은 깊어서
높바람은 어디서나 불어오고
가늠이 짧은 종속의 몸은 붙잡을 것이 없습니다
환생을 믿어 주는
검은 염소들이 좋은 위로가 될까요
각자 어울리는 얼굴과
상반된 몸짓이 어떤 상관관계 이룰 수 있을까요
빌려 쓴 모자가
머리를 가리고 저녁을 받아먹고 있습니다
수직의 중심이 흔들려
내면의 긴 다리에 물 한 모금 건네고 있습니다
불안의 주기가 자주 오는 것은
가까워진 삶의 큰 괄호 때문인가요
어두워야 할 밤이 얇아져 희끗해졌습니다

풀 수 없는 것들이
그대로 나를 밀어낼 듯 굴곡이 끊이지 않습니다
베개 위에 조약돌 하나 서걱대고 있습니다

말의 도덕

난 오늘도
보잘것없이 남루한 입으로
품격을 거들먹대며
개처럼 멍멍
칼의 옷을 입고 공중을 난다

굴절과 변형을 접수하며
겸손과 오만을 저녁밥 먹듯 흉내 내고
구겨진 단어를 양말처럼 신으며
찢어진 페이지를 찾아 열대야 속을 걷는다

혀로 이루어진 가시 꽃의 색들이
수평선에 박혀서 비명처럼 떨어진다
어제는 지워지고 내일은 바람직하지 않아
엎드릴수록 미완이 되는 나의 불온한 돌멩이들

유리구슬

나트륨 등이 밤을 잊었다고
발갛게 밑줄을 그었다
어둠이 모서리로 밀려간 시간
가로등 불빛 아래 걷는 사람이
차츰 멀어져 간다
나도 없어지기 위해 걷는다
어둠 속에
날개 없이 한 번쯤 날았다고 생각했다
살아 있음은 죄가 없고
살아간다는 것이 보이지 않는 것보다 무거웠지만
한 번쯤 다시 태어남을 생각했다
그 한 번쯤은 낯설고 상냥하지 않다
날씨처럼 흐리게 만들어지는 것은
관계일 뿐, 해답이 없다
하루가 길어질 듯
양 눈 비비고 새벽이 일어난다
엊저녁이 소화력을 잃고 배 속에 그득하다
나의 부재는 산 넘어 눈동자에 고여 있다

눈사람

흙이다
하지만 물로 만들어졌다
수많은 적막 가운데 몸을 둥글게 감아
바닥에 구르다 여기까지 살아 냈다
어떻게든 중심을 잡고
소문처럼 무성한 중력을 이기려고 안간힘을 써 본다
벌판에 서 있어도 침묵 속의 별을 만날 수 있다
나를 데리고 간 짐승들 위에 숱한 어둠까지도
사랑의 기억으로 남을 것이다
모두가 희게 돌아오는 저녁이면
난 눈썹 아래 심어 둔 숯검정을 꺼내어
잃어버린 별들의 이름을 하나씩 써 놓을 것이다
혼자 견뎌야 할 적막이나 고독 따위는
눈바람에 쓸려 낡아질 것이다
새들의 울음소리에 내면이 자꾸 덥혀지면
어쩔 수 없이 난 형체가 사라질 것이다
생각의 생각은 침몰하지 않고
아름답지 않은 해체를 잉태하며
자꾸만 부서지는 흙 속으로 들어갈 것이다

어두운 잔뼈들

새벽이 일어나
깊은 밤에게 물어보는 것
한 마음이
닫힌 한 마음 주변을 종일 서성이는 것
창을 비집고 간신히 들어온
먼지 같은 쪽빛을 누군가로부터 거두어 가는 것
밝음보다 우물 이끼처럼
가슴에 까만 점 하나쯤 만들고 사는 것
겨울이 끝끝내
가을에게 물어보지 못한 말들이
깊어서 더 깊어질 수 없는 어느 저녁에
울컥 올라오는 마른기침 같은 것
몸 밖에서는 답 없이
좁은 길모퉁이에 버려지는 뼛조각들
나는 어두워지고
무릎의 뿌리는 쉬지 않고 자란다

어떤 말

어제를 정리한 새벽
늘 그래 왔듯이
몇 개의 강과 몇 개의 가을을 건넜지만
나를 달랠 수 없었다

별에서 떨어진 슬픔이
끝나지 않을 나의 시를 어루만지며
조금씩 녹아 허공을 밟고 간다

간밤에
울지 못한 새가 지붕에 앉아
하얀 이야기를 사랑이란 발음으로 콕콕 뱉어 낸다

짐승의 휘파람 소리처럼
궁금하지 않을
어떤 말 하나를 분해하는 중이다

제3부

금용金龍 반점

면 소재지 내 중국집
일 년 내내 누런 금용이는 살지 않는다
승천했다는 소문도 없는데
사람들이 승천하려고 북적인다
주방에서는 허연 밀가루 모자를 쓴
주방장이 반죽 줄기를 돌리며
죽어야 산다고 죽도록 패고 있다
도마의 칼자루 소리가 불 먹은 기름처럼 사방으로 튄다
여기는 금용이다
용은 살지 않지만 가끔은
승천을 미룬 용이 허기를 달래고 있다
용은 자장면을 좋아한다
거죽 색과 일치한다고 힘주어 말한다
사람들은 일리가 있다고 끄덕이며 매운 짬뽕을 시킨다
용은 매운 것이 딱 질색
보기만 해도 눈물이 난다고 했다
하루 매출은 짬뽕에서 났다
용이 승천하지 못한 이유 중에 핵심이다
매워야 오른다

닭의 한 시절

잘 익은 닭의 한 시절이
테이블에서 찢기어 축하된다
촛불은 발화하지 못했으나
이국의 호프들이 빈 잔을 채웠다
유혹이 술렁이는 별의 마지막 밤이다
이별이 종속된 파티
잔에 시간을 따르고 딱 한 번 엎지르고 싶었다
지금은 바보들의 시간
바다 건너 한 바보를 생각하며
살사의 춤을 흉내 내며 기꺼이 굽은 무릎을 흔들어 본다
온갖 죄를 지은 아름다운 시절과
돌림병 같았던 청춘의 결핍을 허물며
일어날 수 없는 일에
빈 잔의 어지러움이나 보랏빛 청춘의 떠남이나
뭉그러진 펜들은 찢어진 종이에 무조건 친절했다
채워졌다 모두에게 비워지는 밤이다
다시 흔들며 춤을 추자
내가 나에게 후하지 못한 속죄의 밤
모든 날이 펴지다 흩어지는 밤이 허다했고
도무지 모르는 회색의 어둠만이 충만했다

각자의 문이 닫힐 무렵
공중의 별은 호젓하게 별의 작업을 늡늡히 가늠했다
닭이 울 시간이 오고 있다

봄의 주머니

한마디
어떤 말을 듣기 위해
종일 꽃의 근방을 맴돌았던 시인의 담배 연기처럼
어둠을 깨무는 무언의 새벽처럼
다 털어 내지는 못한 꽃씨들이
주머니 속 오래된 영수증보다 더 구겨진 마음으로
아침에게 자욱한 눈인사를 올린다
난 오늘 하루, 무엇을 준비하여
무엇이 이루어질 수 있을까
다 져 버린 괴불주머니의 마지막 노래를 부를 수 있을까
늙은 꽃이 누렇게
조등을 매달아 닭똥 같은 눈물을 볼에 떨군다
모두에게 빛나는 축제가 열리고
나는 갈 곳 없이 천천히 문을 닫았다

상승기류

이제는 없는 듯
있는 사람이 좋더라
물러날 줄 아는 겨울 바다에
나의 고요의 삶이 파도친다고 해도
부는 바람 없어 좋더라

인생이 덧없다고 하지만
짧아도 사랑은 날마다 어디에서 자라니
손을 잡으면 다 네 것인 것을
실패는 어려운 말
오류로 가벼이 지구를 들어 올리자

가을이다
코스모스가 피어 흔들리다가
오늘 밤, 내 머리맡에 선 하나 긋고
심장에 호소하는 우물을 채울 것이다
지는 노을이 저토록 가늘게
마른 춤을 춘다

산책 길 열람

산벚이 절정이다
바람이 흔들지 않으면 며칠 더 갈 것이다
푸릇푸릇 초록이 기지개를 켜고
길에 나선 신발이 꽃발이 되어
그림자 발자국이 하얗게 따라오고 있다

어둠이 와도 환한 등불 같은 산벚
길에 핀 하얀 전등불이 저녁 하늘을 뒤덮었다
길은 산으로 안개 수염 달린 할배 턱까지 오른다
둥지로 돌아가기엔 아직 이른 시간
산새들의 저녁 식사 소리가 바지런히 들린다

드물게 눈보라를 만났고
가끔은 시원한 소나기를 보았던 길에
숲의 이름이 지워지기 전
꽃들이 그들만의 향연에 나를 초대하듯
그 발자국 따라 내 시선은 흰빛을 찾는다

어디쯤 왔을까
서성이던 발자국이 흔들리며

부딪히다 지워지며 시냇물에 섞인다
초롱초롱한 저 물소리에
하루 진 짐이 산책 길에 가벼이 흩어진다

지상의 밑동

유리창에 머문
불빛처럼 뚝뚝 떨어져 나간 시간이
그리 멀리 가지 못하고
초침에 걸려 하루가 넘어지는 날이다

지평선에 엎드린 나무들이
희미한 우레 몇 개를 손에 쥐고
지난밤 내리치며 쏟아지는 폭우를 나눠 마시며
얼룩진 수 겹의 바늘 자국을 쓸어내렸다

한곳에 박혀 살아가야 할 나무들이
그곳에서 일어나는 일이나
일어나지 못한 일들이 목덜미를 적시고
어둠을 슬프게 물들이는 것이다

생각해 보면
나무는 멀지 않은 곳에 먼 것으로 살아 있다
비 온 뒤에 맑고 잦은 피멍들이
멀어짐으로써 완성된다는 사실이 누추하지만
지상에 뿌리박고 사는 자격으로
밑동에 절벽을 엎지르고 간 후에 일이다

굴뚝의 표정

지붕 위에 머리끝
하늘이 닿을 수 없는 뾰족한 이마를 갖고
어둠을 껴안고 살아 움직이던 곳
담배 연기처럼 구분 등짝을
저녁 내내 물고 동네를 강아지처럼 배회했다

이 집에서 저 집으로 이어지는 구원들이
하루씩 그을려도
씩 웃으며 건너는 지혜가 둥글게 모여
뜨거움을 물고 하늘로 오른다
오랫동안 그들이 매캐한 옷을 입고 나를 키워 냈다

아직 벽의 임무는 다 마치지 못했다
검은 표정이라도 그의 밝은 얼굴이라는 것쯤은 이제 알겠다
막힘을 뚫어 내는 이치는 어디에서 배운 걸까
아침을 파먹는 몸통이 집요하게
아궁이를 마시고 있다

그 길에

발자국을 지우려다 길을 지웠다
길은 보이지 않고 발 그림자가 상하여
내 발길에 기침이 무성하다

새소리며 나뭇잎 터는 소리에
숲의 노래가 들려왔다
잠시 동안 숲에 살던 꽃들이 없어졌다

어제를 다 못 그리고 오늘을 접으며
내일 어디쯤 집을 짓고 몸을 풀어야겠다
홀아비꽃대가 발등에 앉아서 웅얼거리는 오월이다

눈부신 햇살을 부여잡고
몸속 껍질의 솜털을 뾰족이 세운다면
숲은 허물어져 초록이 내 발꿈치에 일제히 물들겠다

술과 병

술 취한 병들이 깨져 있다
지난밤 과음한 탓이다
술병의 어깨가 뾰족하게 몸을 찌르고
무릎에 앙금이 시퍼렇게 간 어제가 스며들었다

바람에 베인 가지에
한 마리 검은 새가 검은 네 박자 스타카토를 올려놓는다
무슨 의미의 노래일까
분명 어제보다 슬픈 깃털을 가진 눈물일 것이다

하루가 저문다
시작의 밤은 다시 자라나고
멸망의 내일은 유리 모서리같이 날카로워
난 부서지는 새의 눈동자에 의지하여
깃털의 목록을 헤아린다

마음 한 장, 술잔에 넣어
휘청거리는 저녁 발목에 풀어놓고
소멸해 버린 경계에 빗방울 같은 새의 심장을 장착해 본다
지구가 둥글게 글썽이는 이유는 다 어디서 온 것일까

후반기

세월 탓에 지붕이 낡은 건 사실
바람 불고
염치없는 태양 아래
신발 없이 걷다가
천둥, 번개에 소낙비도 흠씬 맞았다

오랫동안 잘 견디고 살아 준 것에
휑한 민둥산 이마를 드린다
검었던 지붕이
관절에 기침을 뒤집어쓴 채 희게 변해 가기도
추우면 더 추워지고
더우면 더 뜨겁게 달궈지는 껍질이 되었다

가을 끝에 저무는 누구의 삶이
한 소절 노래가 되어 얼굴을 붉힌다
구름 같았던 인생이라고 힘주어 말하지만
후회는 앞서가고
삶의 그림자는 왜 뒤에서만 따라오는 것일까

날이 어둑한 오후에

지구 숲에는 잔치가 벌어진다
빛을 다 잃은 돌멩이가 저녁밥을 꺼내어 마신다
목구멍 넘어갈 때마다 딸그락거린다
바닥에서는 그의 시계가 한참이나 안 보인다

혼밥의 이력

혼밥이 온전한 것은
나만의 오래된 신성함이다
무던히 씹어서 꼭꼭 누르는 것도
지상에서 부서짐이 아닌 나를 다지는 것

배 속의 얼얼함은
고이는 것이 아니고 어디론가 흘러
또 하나의 풍경이 되고 거처가 되는 것
희뿌연 기억을 유기한 채 단단한 씨앗을 만든다

발열의 몸은 잠시 맺혀 있는 물의 시간
마른 허기가 생애 어디쯤 머물다가
지독한 건기를 혼자서 견디는 것
물고기자리까지 번지는 등짝 옆구리가 몹시 아프다

조각 밥 늦게 먹은 처마의 외로움처럼
나의 문장과 그들의 언어가 마침표에 닿을 때까지
이 투명한 밥상은 오래된 욕망의 지표가 될까
아랫목 자리가 지워지는 저녁이 금세 왔다

낡은 엘피판의 크레이터

얼굴에 주름이 깊다
습관처럼 어제를 파먹고 저문 역사를 저장했다
하던 대로 빙빙 원을 돌며 그날을 반복했고
때 묻은 주름에 바늘을 박는 그 일도
긁힘으로부터 출발해야 했다
벨트에 걸린 목숨도 가끔은 삐걱대고 불평했다
일생을 반성하듯 돌고 도는 것이 그의 운명이라면
저물어 가는 시간들이 기억되고
누군가의 돋아난 아픔이 되어
내내 같은 길을 표류하며 그저 열심히 사는 눈물이 되겠다
종착역을 잊어버린 치매의 우두머리인가
깊이 들이마신 담배 연기의 희뿌연 채근인가
우물에 빠진 소리의 소리는
입술을 닫자 흥건히 나의 영혼을 채웠다
돌아서 제자리에 오기까지 봄은 기별이 없고
가끔은 움푹 파인 주름에서 물소리가 나기 시작했다
등 뒤의 불꽃은 잠시 기다리기로 했다

모서리 끝 틈새

새는 이름부터 작았지만
햇살이 키운 가장 힘센 새
새에 햇살이 자유롭게 앉는다
날마다 반복되는 동작이 천연스럽다

뾰족한 새는
햇살을 잘게 나누어 새처럼 쪼아 먹고
새는 새처럼 먹어도 크지 않도록
얼굴에 각을 세우고
자기만의 넓이를 펼치려고 애쓴다

구름 많은 날은 새는 기억력 없이
어제의 햇살은 모조리 지우고
주위에 시퍼런 것만 주워 모은다
마치 모래밭에 의미 없는 고둥 껍데기처럼

새는 날개를 가졌지만, 허공은 또 하나의 절벽
새가 새 없는 날에 모서리 끝에 모이고
그림자는 애초부터 자랄 수 없었다

>

새가 햇살을 물고 내게로 왔다
새의 새는 틈이 커질 대로 커져
한껏 번진 근심들이 구석진 자리를 꽉 채우고 있다
하루가 또 이룩하고 있다

호두알 두 개

손에서 짝을 이루었다
평생 둥글게 살라고 손에 동그라미 그린다
서로 부딪치는 달그락거림은
그들의 속삭임이고 언어임은 틀림없다
달그락달그락
날마다 일어나는 저 소리는
내 손에서 올라오는 작은 목탁 소리

손에서 웅크리고 돌돌 말아
잠시간 둥글게 풀어지면
어느 시인 꽃주머니의 향낭이 될 수 있을까
주름 많은 것은 얼레를 풀어야 하는 일
손에서 추녀 빗물 소리가 들린다
마른 빗물이 붉게 타오르며
바닥에 울음과 웃음을 교차로 건네고 있다

껍질의 단단함을 굴려 본다
세상의 주름진 내막보다 수월한 그 무엇이
호두나무의 과거 속, 유전자를 끄집어낸다
둥글게 부딪치며 한 점에서 만나는 것은

영속성을 이룰 수 있을까
다 알지 못하는 말이 달그락거리며
한 번씩 부딪쳐서 손바닥을 끄집어내고 있다

웨이터

익숙한 것은
무릎의 기다림입니다
한곳에 멈추어 움직임의 시선을 찾습니다

물기 젖은 바닥에 발을 밀착하고
먼지 묻은 검정 구두 보듯 다른 세계로 뛸 준비를 합니다

구름이나 먼지의 하늘이 여기 살지는 않습니다
오로지 한 발 물러서서
뒷모습이나 신발을 잘 관찰하기만 하면 살아남습니다

시간이 한적한지 오로지 따라오고
특성상 근심이 허리에 붙었다가 금세 떨어집니다

누군가 부르는 목청 앞에서
뒷면을 생각하며 발끝에 어둠을 접어 넣고 사슴처럼 뜁니다
발목 아래 그의 미래를 슬쩍 걸어 두지만

최선이 무지개라고 말할 때
기다려라, 한 뼘만 더 달려가면 장군이 되겠습니다
시간이 도수가 높아져 보이지 않을 때까지

우기雨期

비의 발성법으로
나무를 깨우기도 하지
바람은 조절에 실패하여 허공을 떠돌다
구름 부딪치는 소리에 쓴맛을 가늠하게 되지
우기에 무성하게 내뿜은 산안개가
산의 탄식이라 할 수 있을 터
초음을 잃은 나의 목울대는 주머니에
음계 한 움큼 집어넣고
축축한 복식의 구멍가게를 나서지
젖은 것들이 부풀어 오른 시간
설익은 열매들이 늑골 아래 고인 바람으로
바람개비의 맛을 알게 될 터
태양의 긴 그림자는 건기에 머물러
강의 울음소리를 듣고 있으려나
멀어진 것들이 접붙여 돌아오는 결절의 시간
비구름들이 마침표를 그리며
나무 그늘로 우수수 쏟아질 때
나는 비 사이를 누비던 허름한 날개 하나

녹차 한 잔

습관처럼
눈대중으로 물을 붓고
버릇처럼 찻물을 끓인다
물이 다관을 휘돌아 기지개를 주욱 편다
녹차가 제 몸을 재기고 물에 감긴 내력을 푼다
한동안 말라 버린 내 생각이
찻물에 잠기어 한 바퀴 빙글 돈다
몸의 독소가 뱉어 내는 쓴소리를 들으며
찻물 한 모금의 온화함을 꼼꼼히 씹어 삼킨다
무릇 잘 풀리지 않는 것들이
삶의 모서리에 하나씩 자리하고 있기에
긴장에 매몰된 몸이 물기를 거두고
삶의 고해를 건널 때마다
저들의 녹 향이 푸르다 못해 검붉은 것은
죽도록 뜨거움을 맛본 탓이라
내 삶에 우려내는 찻물 같은 뜨거움이 남아 있을까
있으면 어디에서 용광로를 끌어당기고 있을까
내 몸에 끼어든 녹들이 찻물에 아우성이다

찔레

향기로만 찌르는 꽃
더는 질 수 없어 그냥 오래도록 피는 꽃

뻐꾸기 뻐꾹 우는 날
하얀 눈물 철철 흘리며 노래하는 꽃

내 무릎에 심어 둔 꽃
가시가 있어도 아프지 않은 단 하나의 꽃

단풍

여름 내내
불빛을 먹고 자란 네가
이 가을에 입은 옷이 어찌 타지 않겠는가
옷이 다 타더라도
내일 쓸 사랑은 하나도 태우지 마라
가을꽃, 붉은 그 이름

제4부

노을에 물들다

저무는 시간, 호숫가는
하루를 완성하는 붉음이 저녁을 살찌운다
붉어진다는 것은 익어 가는 것
난 잘 익은 시간 한 점 베어 먹고 호숫가에 나왔다
호숫가에는 늘 고요함이 살고
외로운 것도 호숫가에 다 기대어 산다

엊저녁 갈바람에
호숫가 갈대밭이 움푹 물웅덩이를 만들었다
여기 사는 바람은 하루살이 건달
돌풍으로 갈대 목을 접으니 바람 소리가 샌다
저녁 허기에 끼룩 새 한 마리 날 무렵
형형색색 도시의 서광이 노을에 촛불이 된다

붉음이 호수에 물든다
저들의 붉음도 발효되는 순간 영생하는 것
난 호수 끝, 테두리의 자격을 얻어
허리와 뼈의 세상에서 노을 하나를 완성할 수 있을까
신이 만든 저 붉은 표징을 보며
어둑해지는 저녁 호숫가에서 두 발을 모은다

개나리 빌라 104호

영감을 10년 전에 하늘로 보낸 뒤, 영감처럼 살아온 곡순 씨가 먼치킨 고양이마저 떠나보내고 더 이상 키울 게 없어 고독 한 마리를 불러들여 함께 산다. 날마다 깨끗하게 씻기고 밥 주고 좋은 옷만 입혔다. 고독은 무럭무럭 자라나 안방과 거실을 독차지하였다. 지싯지싯 이 녀석은 종일토록 잠도 없이 구석진 벽과 습기 있는 곳에서만 놀았다. 고독은 내성적이고 사람을 가려 가끔 옆집 아줌마가 초인종을 누르면 쏜살같이 냉장고 안에 숨어 나오질 않았다 밤이 되자 고독은 몸을 빵처럼 부풀려, 곡순 씨는 싱글 침대가 좁아 잠을 이루지 못했다 고독은 밤의 친구가 되고, 밤은 곡순 씨를 위로했지만 그건 잠시일 뿐, 화창한 날엔 곡순 씨는 밤을 좋아하는 고독을 데리고 드물게 외출했다. 그날은 분홍빛 옷을 입고 하이힐도 신고 고독을 가리는 선글라스도 끼었다. 읍내 오일장에서 빨간색 스카프도 한 장 사고 장터 잔치국수 한 사발에 고독을 고명처럼 잔뜩 넣어 가뿐히 먹었다. 이날은 고독이 발붙일 틈이 없었다 햇빛이 창문에 꽃처럼 매달리는 날에는 고독은 빈사의 몸이 된다. 아카시아 향을 듬뿍 넣은 김치찌개를 훌훌 말아 먹은 곡순 씨가 밥솥에 오래 묵은 고독이라는 상한 밥을 버리며 슬며시 눈웃음 띠던 곡순 씨, 고독만이 고독을 지우려 애쓰는 어느 오후의 일이다.

사진 찍기

사진이 좋아
사진 공부를 오랫동안 했다
사랑, 마음, 생각, 그리움까지, 추상명사 하나씩 골라
사진으로 나타내는 사진 찍기

보이는 것과 보이지 않는 것들이
파인더에 빼곡히 들어오면
난 행복이라는 셔터를 자꾸만 눌렀다

비 오는 날, 내 마음이 젖으면
젖은 그 마음도 찍을 수 있을까 하는 나의 사진 찍기
내리던 비가 그사이에 그쳤다
내 오래된 추상적 사진 찍기

싸리꽃

노을을 손에 쥐고 왔다
슬픈 울음은 두견새에게 건네고
별을 지키던 꽃이 지상의 마당을 쓸어 낸다
산길 오르는 길목에
타닥타닥 붉어진 목소리로
어머니가 쌀밥 짓던 오색 병꽃 뒤에 숨은 꽃

숲이 짙어
산이 더 깊어진 날
꽃은 하늘 가까이 손을 붙이고
초록이 먼저 닿은 자리마다
하늘색을 두른다
유월의 약손 같은 어머니의 저 푸른 꽃
오래전 잠들다 일어난 꽃

계단의 태도

발 한쪽 불편한 아이가
계단을 오르자
발톱에서 소리가 나오기 시작했다
계단은 감정을 넣고
가방 속, 상비약으로 준비된
폭신한 사랑을 손톱에 바르고
아이의 발톱에 봉숭아 물감을 들인다
예쁜 발톱에 정성을 들이고
하루에 하루만큼 계단이 무릎을 낮추자
하늘이 무척이나 가까워졌다
솜사탕 같은 구름이
계단 머리에 꽃처럼 피었다
계단은 어제보다 더 많이 웃고 있다
그날부터 아이는
계단을 잘 오르고 기쁨에 몸을 떨며
발톱에서 피는 꽃의 소리를 들을 수 있었다
피어서 자꾸 오른다면
계단만큼 완벽한 바깥은 없다

늙은 밤

어제처럼
잠들지 못한 밤이
또다시 내게로 온다면
층층 나뭇잎 홑이불로 덮어 재우겠어요
날이 추워졌어요
공원의 쌍쌍 비둘기도 다 어디로 갔네요
담배 연기 한 모금이 허공의 고독을 가르네요
호흡이 있어
난 아직 살아 있군요
밖에 놓인 발도 움직이지만
가끔 죽었는지 살았는지 모를 때가 많아요
우린 모르는 게 너무 많아요
삶이 다 그렇죠
알고 싶지도 않아요
얼마나 많은 밤이 내 몸에 흘러 들어와 요동칠지
가늘어진 늑골은 모르죠
잠들지 못한 밤이
몇 번이나 내 안부를 묻겠죠
그래도 1미터 정도 인정은 있으니까
구겨진 구석에서 행복한 얼굴로 난 살아가겠죠

이제 밤이 와도

혼자서 울지는 않을래요

블루와 블랙 사이

한참이나
블루와 블랙 사이를 오갔다
컬러 없는 세월이 내게도 있었다
너무 멀리 달아나 이제 데려올 수는 없다

납작한 콧등 아래
모난 각 둥글게 앞뒤의 구분이 없었다
그래서 불편 없이 사용했다
아침마다 거울에 얼굴을 넣어 본다
무두 못 없이 끼워 맞춤이 어렵다

흐르는 것이 강물만은 아니어서
사람도 따라 흘렀다
블루는 약해지고
블랙은 더 어두워졌다
동전의 양면은 도입하지 않기로 했다

노을이 무거워지는 시간
하루가 하루를 더디게 밟고 지나간다
콘크리트 건물과 건물 사이에

블루와 블랙의 그림자가 그늘을 먹고 자란다
손에 든 가방이 그제야 손이 무겁다는 걸 알았다

시시, 詩

시는
가슴에서 자라는 꽃
만질 수는 없지만, 감촉은 살아 있어
새의 깃털같이 가벼이
엄지손가락처럼 묵직해야 해
천 년의 낙숫물처럼 꾸준히
바위를 뚫고 가냘픈 이끼를 키워 내야 해

시는
달처럼 둥글고 별처럼 멀리 가야 해
나무를 무성케 하고 뿌리는 넓게 펼쳐야 해
되도록 말은 하지 않으며
눈짓이나 몸짓으로 지구의 둥근 내력을 설파해야 해
모름지기 아름다움이나
슬픈 것들을 다 모아, 시간의 텃밭에 심어서
노을같이 붉은 결실을 보아야 해

시는
진실하나 진실하지 않은 그 무엇
가볍거나 무거워지는 기억 속의 흔적들

침묵이 닿은 곳에 소리 없이 다가온 바람 되어
이니스프리의 호수에 도달해야 해
손 그릇에 물 한 모금 마시고
기억 하나 일깨우며 꽃 한 송이 피워 내야 해
구름 아래 여백이 눈썹의 의미가 되어

풀의 풀빛

그 사내의 눈빛 아래
풀이 자란다
풀은 검정 풀이다
뿌린 씨앗도 거름도 한 톨 없이
풀은 날마다 아기 눈곱만큼 자란다
풀은 동굴에서 나오는
뜨거운 호흡을 먹고 사는 일종의 이끼류이다
다 자라도 꽃이 없으니 풀씨도 없다
뿌리로 번식하는 특성에
며칠에 한 번씩 물세례를 받지만 그건 잠시일 뿐
풀의 주인은 하루 일하고
하루 먹고사는 하루의 근간이다
사는 게 바빠지면 검정은 숲을 이룬다
유월의 이파리처럼 무성해지고
햇빛 드는 날은 시들하다가
조명의 밤이면 빳빳이 일어난다
풀은 특성상 밤이 체질인 듯
전등불 아래 풀이 쑥쑥 자라며 가끔은
바이킹처럼 소리를 지른다
헌 시간 속 에덴의 변색을 읽으며

풀은 터득하지 못한 햇빛 속에서 표류한다
몽롱한 구름이 지켜 주며
허름한 나무들이 그의 코끝에 초록 불을 켠다
풀은 의식을 치르며
세상을 분리 못한 채 변방으로 밀려난다
자연을 무척이나 닮은 저 무죄한 발걸음에서
하루에 하루를 건너기 힘든 하루가 되어
일상이 하루의 불면이 되었다

하루

5와 6 사이
신발 뒤축은 장미 가시를 모았다
7의 집에 태양이 불을 지르고
8의 강물에는 닦아도 저무는 창문이 산다
나는 자꾸만 뒤로 깨닫는 사람
방에 전등을 다 켜 두어도 어두워지는 사람
밤비가 그려 놓은 회색의 아침
투명해질 때까지
입 안의 혀는 모서리를 훔치며 밖을 살핀다
돌아오지 않을 0과 1 사이에는
착한 이가 이를 습관적으로 사용한다
9의 왼편에는 자작나무가 물결을 세우며
점점 다가오는 시곗바늘의 둘레를 지켜보았다
바늘이 빛의 수직이 되어
한 마리 늑대와 두 마리 토끼를 웃자라게 했다
아침이 일어나 여독을 푸는 사이
비는 점점 가벼워지고
이름 없는 천사는 공중에 머물다가
흰옷 소매에 꽃 한 송이 달고 어디론가 흩어졌다
째깍째깍 소리가 문을 열고 나왔다

유월의 촉觸

봄꽃이 다 지고
유월의 짙푸른 잎사귀들이
나의 뜰 안에 가득히 물소리를 풀어놓는다
제의적 시공간이 중력을 벗어나
진공 속 질료가 오연한 물질로 변화를 맞는다면
내 혈관 속 아메바가 날갯짓하며
몸을 가로질러 하반신에 고루 퍼지겠다
시간에 이끌려
나른한 하루의 또 다른 하루
성근 나무들이 꼭짓점에 모여
영원의 부피를 최대로 넓혀 가는 계절
계수나무가 제 몸에 빛의 환화幻畵를 붙이고
존재의 사실을 바람에게 알리고 있다
어둠이 급소만 남기고
빛의 무늬를 일제히 분출할 때
배부른 저녁 줄기들이 길가에 길게 누워 버렸다
세력을 넓힌 저 무성한 드렁 칡이
혓바닥을 수북이 빼어 보라의 향을 마구 쏟아 낸다
더 할 수 없이 반짝이는 은하의 물빛이 보태지고 있다

돈벌레는 돈이 없다

틈새로 들어온 벌레가 돈이 되었다
돈의 유래가 박힌 벌레는
순전히 원치 않은 이름을 평생 붙들고 산다
돈이 가끔은 보인다
주머니는 여전히 비어 있지만
벌레의 때 묻은 전설에 그만 살려 둔다
주머니는 날마다
돈의 어둠으로 무수히 발을 키워 간다
모양은 제각각
부러지지 않고 소리를 내며 굴러가고
길게 자라서 어깨에 잔뜩 힘을 주며
스멀스멀 남의 담벼락을 잘도 넘어가는 도둑이다
얇으나 부서지지 않고
깊이 박힌 종이 발자국이 인간들의 우상이 되었다
간이 불쑥불쑥 커지고
배가 밖으로 나와 풍선처럼 커졌다
돈벌레가 바닥을 훑으며 마른 먼지바람을 일으킨다
주머니가 텅 빈 목대들이
사방에서 누런 빗물을 털어 내고 있다

눈의 배후

여름 꽃들이 지고 있다
침묵을 발설하던 밤이 멸망하고
불빛 사라진 창문들이
밤이 오면 사슴의 눈처럼 순수해지길 빌었다
입술에 붙들린 죄들이
새벽마다 똬리를 틀고 되살아나
영혼 끝에 불쑥 자란 검은 수염을 저주하며
하얗게 질린 심장은
천대받던 아이의 눈동자를 잃어버렸다
여름이 시작될 때는
문장 하나를 완성하지 못했다
아이가 태어나고
그 아이의 아이가 자라는 동안
불현듯 사는 것이 지는 꽃처럼 외로워졌다
바늘에 찔린 죄에 물음표인 죄인들이
두 손 모아 무릎을 낮추어도 새들은 어쩔 수 없이
하루의 높이를 힘겹게 건너야 했다
무거워지는 하늘 아래
사는 것은 수시로 변하는 일
잠시 기적 같은 옛날도 수면 아래 누웠다

버퍼링

정교한 그늘을 가진 신호가 자주 끊긴다
출구를 모르는 미로처럼
알 수 없는 표식들이
해독할 수 없도록 물음표를 얻었다
그것이 멀리든
가까이에서든 상관없이
한번 풀어헤친 암호는 돌아오지 않았고
희미한 부호는 구석에 다 모였다
쓸모없이 어깨가 흩어지고
페이지마다 각자 붉게 색칠했다
사막 같은 갈증으로 이곳에서
다른 곳으로 이동하며
어깨 모서리가 기울 듯 뾰족해졌다
기억들이 파도처럼 번지다 그물에 걸려 넘어지는 시간
기도가 응답된다는 소식은 한동안 늦어지고
눈밭에 얼룩진 무늬처럼 지나간 자국만 무성했다
밀리고 흐르다 정체된 곳에 도착한 기억 입자들이
서로의 귀를 빌려 저마다의 영역을 줄 긋기 했다
구석마다 낮은 언덕이 자리했고
가끔은 일시적 보관만이 가능의 전부였다

도대체 몇 번의 번개와 천둥 사이에
어떠한 이름이 살아 있을까
고백하자면 그날의 폭우에 몸이 가벼워졌다
나중이라는 시간도 이유는 여기서 묻지 않도록 하자

시간 현상소

사내는 해가 지면
버릇처럼 좁은 방에 불을 만든다
붉은 등 아래 어둠이 차곡차곡 쌓이며
장착할 필름의 캐리어를 바꾸고
낮은 콧소리로 암실의 액체를 정착시킨다
콧소리의 의미는 누구도 모르지만, 사내의 오래된 습관이다
필름에 박힌 그림자를 붙들고
사내의 시원찮은 시력을 담보하며 루뻬가 밀착된다
암실의 약품 냄새가 싫지는 않아서
유연한 그의 코가 쨍한 냄새를 방전시킨다
먼지에 쌓인 기억들이
붉은 등 아래 필름 속, 문장이 되어 뛰쳐나올 시
사내의 확장된 눈동자는 인화지에 시적 표현을 주입한다
먼지 한 장이 작품의 기억으로 승화되는 순간이다
잠시, 사내는 그때로 돌아가 시간을 현상하며
희미해져 간 기억의 저편을 인화하는지도 모른다
누구나 한 번쯤은 시간의 흔적에 머물러
순간을 간직하며 그때로 돌아가려는 건 아닌지
사내의 낡은 시간이 붉은 등을 입에 물고
오랫동안 현상되고 있다

해 설

언어와 사고의 가장 내밀한 본질을 더 깊이 이해하기

—김유진 시 세계, 『거울의 시간』

이오장(시인, 문학평론가)

시가 무엇인가 하는 물음은 시를 쓰는 시인들에게는 정답이 없는 고뇌의 물음이다. '시는 소리를 지닌 의미'이기 때문에 그 의미를 설명하는 것은 삶 전체를 설명해야 하고 의미는 철저하게 심리적 범주의 뜻을 가졌기에 시를 구체적으로 설명하지 못한다. 언어는 사고의 대부분이 겉으로 표출되지 않는다. 또한 인간에 의해 설계되는 것이 아니다. 인간의 생물학적 재능의 일부로써 확고하게 이해한 다음에 과학적이든 철학적이든 언어를 하나의 연구 대상으로 삼는다면 접근하는 방법에 따라 상당한 변화가 있을 수밖에 없다. 따라서 언어로 구성하는 시의 특성상 그 의미를 전부 설명하지 못하는 것이다. 시인은 아주 복합적인 언어를 생각과 결부시키는 능력이 있는 사람을 말한다. 시에 대한 기본적인 구상은 언어의 특성에 대한 이론적 설명에서도 반복적으로 나타나고 두 개의 대상에 외적으로 작용하여 또 다른 형태를 생성하거나 하나의 대상에서 내적으로 작용한 또 다른 형태를 만들어 낼 수도 있다.

시인은 언어를 사용할 수 있는 고유한 능력을 부여하는 본유적 구조를 유전적으로 타고나든가 아니면 후천적인 영향을 받아 인고의 세월을 거친 뒤 언어의 구조가 어떤 것인지를 깨닫고 소리의 의미를 찾게 되면서 쓰게 된다. 언어를 하나의 연산으로 정할 수 없음은 인간만이 우주에 대한 관조와 깨달음이 언어를 통하여 다양하게 유기되기 때문이다. 그렇다면 시의 기본 틀인 언어란 무엇인가 하는 의문을 가지게 된다. 이 문제 역시 시란 무엇인가와 같은 의미의 물음일 수밖에 없다. 시와 언어는 같은 구조를 가지고 다양한 변화와 공통된 특성, 인지 체계 자체와 쓰임새 등 서로 관련이 있는 특성을 보유하기 때문이다. 하지만 인간이란 어떤 존재인가 하는 의문을 파헤쳐 보면 어느 정도의 설명은 가능하다. 인간이 하등동물과 다른 유일한 점은 복합적인 소리를 생각과 결부시키는 능력이 무한하기 때문이다.

모든 언어는 계층적 구조를 갖는 표현의 무한집합을 제공하며 각각의 표현은 접합되면서 해석이 가능해진다. 이를 이해하게 된 인간은 무한의 상상으로 언어를 창조해 가며 꾸준한 삶을 이어 간다. 시인은 그런 언어 최상위의 공동체 안에서 언어를 발화시키는 사람이다. 그렇다면 시인의 조건은 무엇일까. 지혜와 체험, 학습과 전개의 능력이다. 시는 독특하게도 끝이 없는 정말로 무한한 영역과 마주한다. 전부가 생각할 수 있는 대상의 본질이다. 따라서 시인은 유한한 수단을 무한히 활용해야 하며 언어와 사고를 일치시키는 능력을 통해 시를 쓰는데, 갖춰야 할 지혜가 없고 체험을 통한 습득이 없다면 불가하다. 지혜와 학습이 있다고 해도 전개할 개념이 없다면 시를 쓸 수가 없다. 한마디로 말해 시를 통해 언어와 사고의 가장 내밀한 본질을 더 깊이 이해할 수 있다는 결론에 이르게 된다.

1. 지혜와 체험으로 포착한 유동적인 언어 구사

김유진 시인은 지혜의 시인이다. 시인이 갖춰야 할 최고 덕목인 지혜가 작품 편편이 넘친다. 읽기 어려운 문장을 쓰지 않아도 무게가 있으며 여러 가지 언어를 설계하지만 난잡하지 않고 헷갈리지 않는다. 언어의 처리에서 가까운 것과 연결하면 연산 작업도 훨씬 간단해지고 편리한데도 구조적인 특성을 바탕으로 멀리 떨어진 동사와 연결하는 독특한 능력을 발휘하기 때문이다. 시 쓰기의 최소 거리 원칙, 즉 함축적인 표현은 시의 설계에 널리 적용되는데 그것을 넘어 체험으로 포착한 유동적인 언어를 곳곳에 배치하여 핵심 부분에 속하는 의미 해석을 표출된 형태로 보여 주는 작업 능력을 갖췄다. 시는 의미를 가진 소리라 했다. 이것은 소리를 가진 의미라고도 하며 사물이나 체험 등에서 얻은 자기 성찰을 은유와 직유, 상상과 암시로 나타내어 독자와 만나는 작업이다.

척박하고
얇은 토양을 어찌 알았을까
헌 몸으로 저토록 오래 살았으니
헐고 부서진 시간의 저편을 미리 알았을까
땅의 힘을 다 믿지 않고
하늘의 기운을 받기 위한 처절한 몸부림이던가
머리를 산발한 현자의 가부좌 튼 모습이
어김없이 도인을 닮았다
하늘로 솟구친 빼곡한 나무의 이야기가 땅을 향한다
그늘이 깊어서 하루 반나절, 나무 아래 앉아 있으면
내게도 지혜 한 움큼 얻어 갈 수 있을까
나무의 손이 땅에 내려와 흙을 붙잡고
다시 하늘로 오르는 영특한 방법을 반얀의 숲에서 배운다
여기에 오면
적어도 살아가는 방법 하나쯤은 얻어 갈 수 있겠다
아물지 못한 아픔이나 슬픔의 조각을 떼어
나무 밑동, 생각의 저장고에 묵힌다면
반얀이 품은 지혜의 가지를 내 늑골에 하나쯤 심어 주겠다

—「반얀나무 아래」 전문

반얀나무는 지혜의 나무다. 반야심경의 반야에서 얻은

이름으로 부처가 깨달음을 얻은 벵골보리수 나무를 말한다. 원래의 뜻은 위대한 지혜를 갖춘 경전을 말하지만 사람들이 보기에는 머리를 풀어헤친 모양과 우거진 가지와 그늘의 넓이를 보면 놀라지 않을 수 없다. 척박한 땅에서도 잘 자라고 한 그루가 마치 하나의 숲을 이룬 듯이 우람하다. 가뭄이 심하면 가지가 밑으로 내려와 흙을 움켜쥔다. 하나의 나무지만 멀리서 보면 울창한 숲으로 보이는 나무가 반얀나무다. 살아남기 위하여 지혜를 발휘하여 자연을 이겨낸 나무다. 호텔 반얀트리는 세계인의 휴식처로 주목받고 있는데 반얀나무의 특성을 살려 세계 곳곳에 뿌리를 내린 리조트 그룹이다. 김유진 시인은 반얀나무 그늘에 앉아 나무의 특성을 이해하고 나무의 지혜를 빌린다. 사람은 공동의 목적을 가진 동물이지만 경쟁은 많을수록 심하다. 하나를 얻으면 또 하나를 원하다가 전부를 빼앗기기도 하고 하나도 얻지 못하여 방황하다가 도태되기도 하는 무서운 세상, 그런 한 곳을 차지하고 살아가지만 언제 어떠한 상황과 마주칠지 몰라 불안하다. 부처는 이런 현실에 출가하여 곳곳을 방황하고 배움을 얻다가 끝내는 반얀나무 아래에서 득도하여 가르침의 대명사가 되었다. 과정이 험하고 고난의 연속이었지만 하늘의 뜻을 이해하여 사람의 도를 깨우친 것이다. 시인은 부처가 득도한 그곳에서 무엇을 봤을까. 바로 고난의 길에서 끝끝내 포기하지 않은 꿋꿋한 삶을 보았다. 척박한 땅, 의지할 곳 없는 허공에 서서도 가지가 뿌리가 되는 모습에서 자연의 경외보다 사람의 허약함과 무지를 본 것이다. 나무보다 못한 사람이 될 수는 없지 않은가. 나무의 생태에서 적어도 살아가는 방법 하나쯤은 배워야 하지 않겠는가. 부처가 되지 못해도 사람답게 살려는 힘과 용기를 얻은 시인은 반얀나무의 지혜를 공유하기 위한 방법을 찾는다. 부처는 지혜다. 그대로 따르지는 못하지만, 부처의 체험을 간접으로 겪으며 지혜를 구하고 체험의 실체를 겪어 본 시인의 눈과 귀는 크다.

개나리가 복용한 감기약 효능이 헐거워지는 시간입니다
모두의 시간이 온전히 전달되지 않았습니다
뒤늦은 비명에 금이 간 접시를 핥으며
여기저기 긁히며 외로이 못 가 본 길을 냅니다
열병에 지친 나무들이 새벽을 깨우고
다 스며들지 못한 황금빛을 하나씩 엮고 있습니다
나무에 적어 둔 색깔이 서서히 지워지며
구름은 스스로 맺힌 물방울을 잊은 듯
하늘을 휘젓고 다닙니다
내 안의 나를 찾으러 떠나는 여행의 여행
오래 내버려 둔 어깨가 무거워지며 몸을 짓누릅니다
잠시의 굴절이 감정처럼 흘러내리고
우리는 우리의 금 간 손바닥을 훔치며
구름 위를 유영하던 깨어진 빗방울이
영롱하다는 것을 알아 갑니다
공간에 반짝이는 입체의 사실은

눈의 각도와 연관된다는 믿음에서 출발했습니다
보이는 것과 보이지 않은 것의 경계에는
무지개가 살아 오래도록 무형을 바라봅니다

―「홀로그램」 전문

삶은 어떠한 위치에 있느냐에 따라 질과 양이 다르다. 언덕 위에 있는 집에서 살면 우아하고 아름다우며 풍경이 넘치는 광경에 누구나 부러워하고 낮은 언덕 밑이라면 무엇인가가 모자라고 작게 보여 업신여김을 당하며 스스로가 피폐해진다. 입은 옷에 따라, 가진 금전에 따라 다르게 보이는 삶은 근본적으로는 모두가 같다. 자연에서 얻은 생명이 같고 주어진 수명을 다하면 죽음의 길로 간다는 것은 같다. 모두가 보이는 장면을 그대로만 이해하고 그것만을 믿기 때문에 일어나는 현상이다. 그렇지만 사람의 삶은 어느 곳에 있으나 작은 것을 가졌거나 큰 것을 가졌거나 무게와 크기가 같을 수밖에 없다. 그렇게 보이는 이유는 빛의 간섭 효과로 인한 굴절된 현상을 그대로 믿듯이 본질을 잊고 현실만 보기 때문이다. 그러나 그것이 3차원의 세계는 아니다. 홀로그램은 두 개의 빛이 만나 일으키는 빛의 간섭 효과를 이용하여 사진용 필름과 유사한 3차원 이미지를 기록하는 것을 말한다. 새롭게 얻은 무한의 현상을 응용하여 새로운 것을 창조하는 행위로 본질을 무시하고 보이는 현상을 그대로 믿는 사진이다. 위치에 따라 모습이 변하지만 원형을 믿지 않고 현상만 믿는 상태는 사회의 병패를 만들었다. 실속이 없는 과시의 삶을 동경하게 된 것이다. 김유진 시인은 홀로그램의 현상에 빠진 사회를 치유하려는 의도로 시를 쓰지는 않았지만 체험에 의한 하이퍼적인 이미지를 창출해 내었다. 다음과 같이 살펴보면 "개나리가 복용한 감기약 효능"이 떨어지고 "모두의 시간이 온전"하게 "전달되지 않았"으며 "열병에" 든 "나무들이 새벽을 깨우고" "나무에 적어 둔 색깔이" 지워지며 "물방울을 잊은" 구름이 "하늘을 휘젓고" 다니는 현상을 연출한 뒤 "보이는 것과 보이지 않은 것의 경계에" "무지개가 살아 오래도록 무형을 바라"보는 형이상학적 시각으로 "공간에 반짝이는 입체"적인 실체를 그렸다. 삶의 현상에서 벗어나 산란하는 빛의 간섭무늬를 작품에 몰아넣어 파생적인 이미지를 그렸다.

순수했을까
빗물 속에 멀어지는 발소리처럼
검정 우산 같은 운명이 한 시대를 마감하고
그 문을 떠날 때, 과연 순수했을까
어둠이 선물이라며
달게 받아먹었던 땅의 표징들이 무뎌지고
마르고 흐르다가
어느 구석진 자리에서 하나의 문을 생각하겠지
가끔은 겹겹의 미로에
문은 보이지 않아서

무딘 손끝이 습관처럼 허공을 붙들고 말아

어디쯤 왔을까

굳은 다짐이 한참이나 멀어 보여

오래도록 닫힌 문 뒤에는

휘어진 구름과 축축한 그림자의 숲이 되고 말지

순수했을까

이 말끝에는 족히 늑골 하나쯤에

속눈썹 같은 눈물 한 방울은 매달겠지

—「닫힌 문 뒤에는」 전문

문은 나를 지켜 주는 방어 막이지만 나를 가두는 감옥이라는 이중성을 가진다. 소통을 위한 출입구인 동시에 단절을 의미하는 벽이다. 사람은 문 뒤에 숨거나 문을 열고 나오는 순환에서 삶의 질을 가꾼다. 그러나 문이 열리면 불안하고 문이 닫히면 궁금하다. 최초의 원시인들은 돌담을 쌓았으나 문이 없었다. 먹을 것만 구하면 행복하고 불안하지 않았다. 차츰 발전하여 내 것이라는 개념이 생기고 그것을 지키려는 의도로 문을 만들었다. 문은 가진 것이 많을수록 크고 튼튼하다. 성을 쌓은 이유도 침략의 의도보다는 지키려는 방어 막으로 쌓게 되었고 성의 크기에 비례하여 성문도 커졌다. 여기에서 사람의 가면은 씌워졌다. 밖에서는 과시의 가면으로 얻거나 빼앗는 수단으로 안에서는 불안의 가면으로 밖을 향해 귀를 기울인다. 문이 없었다면 안과 밖의 잣대는 사라진다. 그러나 문명의 크기는 문을 더욱더 크게 할 뿐이다. 김유진 시인은 이중성을 지닌 문의 역할에서 한 걸음 비켜나 문을 관찰한다. 검정 우산 같은 운명이 한 시대를 마감하고 문을 떠날 때 순수한 감정으로 떠났을까 하는 의문에 또 하나의 문을 주시한다. 출구를 모르는 미로에서는 문이 필요 없다. 어떻게 해도 설계자 외에는 출입하지 못하는데 문이 필요하지 않다. 그래도 습관은 버리지 못해 허공을 붙들고 어디쯤인지를 가늠한다. 시인이 바라보던 그는 문을 닫고 떠났다. 자신을 가둬 단절을 요구하였다. 굳게 다짐한 약속은 한참 멀리 사라지고 다시 열릴 줄 모른다. 말이 없었으나 문을 닫는 행동으로 이별을 통보받은 것이다. 말이 없는 말끝에는 족히 늑골 하나쯤에 속눈썹 같은 눈물 한 방울은 흘렸겠지 하는 위안을 스스로 하지만 닫힌 문 뒤에서 초라한 자신을 보게 된다. 눈물은 자신이 흘리고 닫힌 문 뒤의 상황을 짐작만 할 때의 괴리감은 시인으로 하여금 추억의 먼 여행을 떠나게 한다. 다시는 열리지 않을 문을 바라보며 자신의 문도 닫는다.

2. 서정성을 지닌 하이퍼적인 이미지 구현하기

언어가 의사소통이라고 보는 것은 정말로 일방적인 개념이나 다름없다. 하나의 언어공동체에서는 각각의 단어를 같은 의미로 사용하는 것이 중요하다. 이런 조건이 충족된다면 의사소통이라는 언어의 주된 목적이 쉽게 실현된다. 대부분의 사람이 이해하는 의미로 단어를 사용하지 못한다면 다른 사람과 효과적인 의사소통은 어렵다. 시도 마찬가지다. 시는 설계하는 도구가 아니라 생물학적 창조의 실체다. 시각 계통이나 감각 계통과 마찬가지로 어떤 목적을 가지지는 않는다. 시를 언어와 같이 의사소통을 위해 사용한다고 하더라도 의미가 같을 필요는 없다. 맞고 틀리고가 아니라 정도의 차이가 있을 뿐이다. 시가 의사소통이라면 창작이 아니다. 시가 일부 의사소통이라고 말하는 것은 대중성을 지녔기 때문이지만 대중성을 벗어난 형이상학적인 창작물이기 때문에 대중가요와는 확연히 구별된다. 김유진 시인은 이 점을 확연하게 알고 있다. 서정성을 지닌 하이퍼적인 이미지를 그려 내며 대중성을 벗어나 시의 가치를 높인다. 대중이 바라보지 않아도 자신의 길을 찾아간다.

반사를 원칙으로 세웠다
거짓말 같은 표정은 한 번도 완성치 않았다
덩치의 절반 차지한 한쪽 눈은
투명한 옷에 보호색 없이 허공에 살아야 했다
열등과 진보가 교차하며
가진 것이 허울을 날로 입은 날카로움뿐
허허한 벽면에 앉아 누굴 빤히 쳐다보는 습관적 태도나
뾰족한 성격은 그의 오래된 이력이 되었다
붉은 입술은 악어를 닮아 입을 크게 벌리고
공중을 빨아들이는 흡인력은 따라잡을 수 없는 너의 마력

가끔 몸을 살리기 위해
검고 정직한 입을 사용했으나
오염된 눈빛을 다 끄집어낼 수는 없었다
외면해야 할 건 이제 흔적밖에 없다
슬픔 속에서 빛나던 것은
평면 밖에 살던 바닥이 사라져 한동안 기뻐한 적이 있다
황사같이 흩어지는 시력 저편에
하루에 하루 더한 분신들이 출근한다
저녁이면 낯선 옷을 껴입고 돌아와
금이 간 표정을 너에게 한 움큼 걸어 둔다
하지만 이제 더는 발효되지 않는
껍질의 그림들로 슬퍼하지 않겠다

—「거울의 시간」 전문

세상에서 기능이 하나로 집합된 사물은 거울뿐이다. 스스로 발광하지 못하고 무엇이나 비춰 내는 거울은 상황과 시간에 따라 다르고 밤낮의 현상에서도 오직 반사하는 작용만을 가진다. 그러나 무섭다. 아무런 여과 없이 있는 그대로를 반사하기 때문에 가장 솔직하고 순수하며 최강의 힘을 지닌다. 사람과 비교하자면 거울은 성인聖人이다. 똑같은 행동, 변함없는 사상, 굴절되지 않은 의지 이런 것을 갖추고 다른 사람의 모범이 되어 가르침을 내린 성인, 역사상 손가락에 꼽을 만큼 적은 숫자의 성인은 거울이다. 깨트려도 조각난 몸으로 무엇인가를 있는 그대로 비춰 내는 거울

은 사람에게 성인의 반열에 오르라고 가르침을 준다. 김유진 시인은 거울을 들었다. 거울과 통하는 모든 사물을 있는 그대로 받아들여 시간의 반사작용을 펼친다. 시는 삶을 비춰 내는 거울로 사람의 모든 것을 반영시키는 작용을 한다. 삶을 떠난 시는 없다. 사람이 할 수 있는 모든 것의 과거와 미래, 현재를 의식 절차에 따라 모조리 비춰 내는 거울을 든 시인은 거짓말은 용납하지 못한다. 한쪽 눈으로도 세상을 다 본다. 열등과 진보가 교차하는 사회에 허울을 쓰고 과시하는 음모, 바른말을 한다고 참지 못하여 내지르는 함성, 검은 옷이나 붉은 옷을 입어도 하얗게 행동하는 위선, 이런 모든 것을 거울에 가두고 하나하나 끄집어내며 질타한다. 이 작품을 왜 표제로 내세웠는지 한눈에 알아볼 수 있는 것은 시인의 성품과 평소의 실천에 맞닿아 있기 때문이다. 시인은 험하고 위선으로 가득 찬 사회에 경종을 울린다. 내가 가진 거울은 모든 것을 비춰 내는데 왜 아름다움을 잃고 방황하는 모습만 보여 주는가. 누구를 빤히 쳐다보는 습관을 버리지 못하고 뾰족한 성격으로 남을 공격하는가. 시를 쓰는 목적을 세우지 않았으나 시인의 자격으로 이 시대의 거울이 되어 사회를 정화하려는 의지가 보인다.

바람 부는 날
오히려 기분이 좋아져요
몸에서 자란 아이들이
입을 열어 풍선이 되거든요

풍선이 하늘로 오르며
바람의 말이
철학자의 이야기처럼 딱딱하게 들리지 않아요

난 오래전 결심했어요
멀리 가지 않고 한곳을 지키며
땅과 하늘을 배우는 굳건한 나무로 살리라는……
오늘 바람은 남쪽에서 시작됐어요
거긴 늘 바람이 따뜻하니까요

수많은 나무가 엄마가 되어
두 팔 벌리고서 새들을 모으고 계시죠
소리가 들려와요
정다운 새소리에 날마다
몸에 물소리를 들으며 자라고 있어요

난 내가 좋아하는
구상나무 옆에서 시를 쓰며
아무에게도 부딪히고 싶지 않아
내 몸에서 자라는 나무를 하나씩 불러 모아요

—「나무가 되었어요」 전문

식물은 생명의 원천이다. 인간이 생겨나기 전에 지구를 정화하고 물과 산소를 생성하여 인간이 살 수 있는 기반을 만들었다. 그중 나무는 식물 위의 식물로 인간에게 모든 것을 준다. 불을 일으켜 문명을 변화시키고 집 짓는 목재를 주며 사고의 시간을 만들어 야생의 인간을 정서적인 인간으로 변화시켰다. 나무가 없었다면 인간은 생겨나지도 않았을 것이고 지구는 불덩이 상태를 유지하며 하나의 별에 지나지 않았을 게 틀림없다. 그런 나무에 인간은 고마움을 느끼고 있는가. 이 세상 누구도 그런 생각을 하는 사람은 없다. 나무는 그냥 인간에게 모든 것을 주고 사라지는 하찮은 존재라고 착각한다. 시인은 나무가 되었다. 나무가 되어 인간에게 줄 것이 무엇인지를 생각한다. 기분 좋은 바람 부는 날 아이들을 위해 놀아 주고 철학자가 되어 바람의 말을 듣는다. 그리고 결심한다. 한곳을 지키며 땅과 하늘을 배우는 굳건한 의지의 나무로 살겠다고 선언한다. 수많은 나무가 새들을 품어 주고 정다운 노래를 부르게 하는데 오히려 나무가 되지 못하는 게 한이 되지 않겠는가. 나무 중의 나무인 구상나무 아래에서 시를 쓰다가 문득 나무가 된 시인, 인간에게 모든 것을 줬으나 아무것도 바라지 않으며 헤치는 인간에게 오히려 더 좋은 것을 주려는 나무는 분명히 성인이다. 그렇다. 시인은 선과 악의 구렁텅에서 헤매다가 선이 무엇인지 악이 무엇인지를 가르는 선을 만들어 사람들 속에서 사람으로 산다. 그러나 때로는 성인이 되어 지혜의 숲을 만들고 사람들을 모아 노래한다. 인간의 나약함과 무지함을 일깨우고 터전을 아름답게 꾸미는 사람이 시인이요 성인이다.

한 남자가 새장에 산다

새가 사는 집에 남자가 산다

새들이 위로하자 그만 새가 되어 산다

사랑은 깃털로 표시하며

다툼은 입술에 붙은 부리로 한다며

얇아진 두께의 어깨로 산다

가끔은 외출하며 저녁밥은 근사하게 먹는다

가끔은 밖에서 새장을 바라보며

집이라 생각지 않는 남자는

새장의 새들을 모두 풀어 주었다

그는 새장에 혼자 들어가 한 사나흘 먹지 않고

새 가슴이 되어

떠나보낸 새들의 안녕이나 사소히

그들의 저녁 식탁이나 반찬의 가짓수를 헤아렸다

남자는 새장의 창문을 닦으며

저기 먼 아프리카는 갈 수 없지만

운동화를 신고 줄넘기한 수요일을 건너

내일로 상승할 수 있을 만큼

다리를 길게 만들어 바람 결에 세워 둔다고 했다

질긴 날갯짓의 허공을 열기 위하여

—「한 남자가 사는 법」 전문

지구에는 약 78억 명의 사람이 산다. 그중 절반인 39억 명이 남자다. 남녀의 차이는 언제나 반반이지만 어느 때는 서로 엇박자가 나기도 한다. 남자가 우위에 있는지 여자가 우위에 있는지는 역사 이래로 확연하지 않다. 원시 부족 시절에는 모계사회로 이어 오다가 어느 땐가부터 힘의 우위를 가진 남자가 전부를 지배하게 되어 한때는 남존여비의 상태로 지속되어 현재에 이르고 있으나 이제는 평등하다. 남자가 여자를 무시했다가는 큰 봉변을 당하기도 하는데 서로 존중하며 평등하게 사는 것이 옳다. 여기에 문제가 있다. 가족을 부양하려고 온갖 힘을 다한 남자가 은퇴하게 되면 지나간 것에 대한 대우를 전혀 못 받는다. 가족과 사회에서 이탈되어 무료한 시간을 보내기 일쑤다. 산에 가 보면 중년의 남자들이 등산인지 산책인지를 모를 정도로 배회하는 모습을 자주 보게 되는데 안타깝기 그지없다. 김유진 시인은 그런 모습이 싫다. 비록 새장에 갇혀 살지만 얇아진 어깨로 끝내 버티며 산다. 새장의 문살은 이중적이다. 밖에서 보면 갇힌 것으로 보이지만 안에서 보면 밖이 감옥이다. 오랫동안 갇혔던 새를 풀어 주면 날지 못하는 것을 볼 수 있는데 바로 이것이다. 갇혀 지내는 것이 아니라 스스로가 안에서 밖을 보는 것으로 만족하면 된다. 결국 생각하기 나름이라는 시인의 생각은 옳다. 어떤 상황에도 포기하지 말고 남은 생을 편하게 살면 되는데 사회 풍토에 맞춰 아등바등한다면 오히려 독이 된다. 그래도 꿈은 저버리지 않는다. 새장에 갇힌 모든 새를 풀어 주고 그 안에 스스로 들어가 살지만 창문을 닦으며 내일로 상승할 수 있을 만큼 다리를 길게 만든다. 질긴 날갯짓의 허공을 만들기 위하여, 사회적인 현상인 남자들의 소외된 생활에 활기를 주고 그렇게 된 것이 남자들의 책임이 아니라는 시인의 주장은 확실하다.

3. 시는 언어에게 도전하는 게 아니라 독자에게 도전하기다

시의 출발은 언어의 기본 특성이다. 시인의 내부에서 만들어진 형태는 표출이라는 부수적인 절차를 통해 감각 운동 체계에 적합한 형태로 바뀐다. 그 언어의 형태는 외적 표출에 사용되는 감각 양상에 따라 개인마다 다르게 나타난다. 최적의 언어 설계는 하나같이 구조적 의존성을 지니고 복잡하고 다양한 특성에 맞춰 한 편의 작품으로 승화한다. 그러나 시인이 가진 특성은 모두 다르므로 작품의 성향도 다르고 읽는 이의 감동도 각각 다를 수밖에 없다. 시는 언어에 도전하는 게 아니라 사물과 자기 생각으로 발현된 이미지를 통해 독자에게 도전하기다. 언어는 복잡하다. 다양한 방법으로 별개의 특성을 보인다고 해서 담을 쌓는다면 소통이 어렵다. 김유진 시인은 이점을 파악하였다. 새로운 언어를 동원하는 게 아니라 기존의 언어의 배열을 달리하여 언어의 특성을 새롭게 만들어 간다.

난 오늘도
보잘것없이 남루한 입으로

품격을 거들먹대며
개처럼 멍멍
칼의 옷을 입고 공중을 난다

굴절과 변형을 접수하며
겸손과 오만을 저녁밥 먹듯 흉내 내고
구겨진 단어를 양말처럼 신으며
찢어진 페이지를 찾아 열대야 속을 걷는다

혀로 이루어진 가시 꽃의 색들이
수평선에 박혀서 비명처럼 떨어진다
어제는 지워지고 내일은 바람직하지 않아
엎드릴수록 미완이 되는 나의 불온한 돌멩이들

―「말의 도덕」 전문

인간이 자신의 사상이나 감정을 표현하고 의사소통하는 방법은 다양하다. 소리나 문자뿐이 아니라 몸짓, 눈짓, 표정으로도 가능하고 때로는 격한 행동을 보여 자기의 의사를 전달한다. 그중에 언어는 가장 기본적인 소통 방법이다. 인간은 사회집단의 구성원으로서 문화에 대한 참여자로 의사를 전달한다. 생존을 위한 수단으로 가장 먼저 내세우는 것이 언어인데 사회 문화의 행동 양식을 학습하고 참여하게 된다. 행동은 사람과 환경 사이의 상호작용으로 성립되며 언어도 환경에 포함된다. 말하기란 발화된 말에 한정되고 글쓰기는 발화된 말의 계통적이고 관습적인 체계다. 따라서 언어는 한 사람의 인격이 포함되며 운명까지 지배하는 생존의 방법이므로 도덕을 지켜야 한다. 말의 전달이 잘못되거나 오해의 소지가 넘친다면 그것으로 인하여 분열하고 다툼이 생기는 것이다. 김유진 시인은 말의 도덕을 강조한다. 남루한 옷은 잊어버려도 말의 도덕은 지켜야 하고 개처럼 멍멍거려도 말 이상의 말은 던지지 말아야 한다. 굴절과 변형을 접수하며, 겸손과 오만을 밥 먹듯 하며, 구겨진 단어를 양말처럼 신고 열대야 속을 걷듯 던진다면 사회는 황폐해지고 불안에 휩싸인다. 지금 시대는 분열의 시대다. 본보기를 보여야 할 정치 지도자와 종교의 지도자들이 자신들의 이권만을 위해 함부로 던지는 말이 분란의 사회를 만들고 있다. 혀로 이뤄진 가시꽃의 말이 수평선에 박혀 비명을 지르면 안 된다는 시인은 엎드릴수록 미완이 되는 말의 불온함을 전환하려는 의도를 가졌다. 한마디 말이 세상을 어지럽히기도 하지만 한마디 말이 세상을 구하기도 하는데 왜 굳이 어지럽히는 말을 하고 있는가. 시인이 강조하는 말의 순화는 간단하다. 말하기 전에 숙고하는 버릇을 들여 바른 말만 하면 된다.

> 유리창에 머문
> 불빛처럼 뚝뚝 떨어져 나간 시간이
> 그리 멀리 가지 못하고
> 초침에 걸려 하루가 넘어지는 날이다

지평선에 엎드린 나무들이
희미한 우레 몇 개를 손에 쥐고
지난밤 내리치며 쏟아지는 폭우를 나눠 마시며
얼룩진 수 겹의 바늘 자국을 쓸어내렸다

한곳에 박혀 살아가야 할 나무들이
그곳에서 일어나는 일이나
일어나지 못한 일들이 목덜미를 적시고
어둠을 슬프게 물들이는 것이다

생각해 보면
나무는 멀지 않은 곳에 먼 것으로 살아 있다
비 온 뒤에 맑고 잦은 피멍들이
멀어짐으로써 완성된다는 사실이 누추하지만
지상에 뿌리박고 사는 자격으로
밑동에 절벽을 엎지르고 간 후에 일이다

—「지상의 밑동」 전문

세상에는 보이는 것보다 보이지 않는 게 더 많다. 보이는 것과 보이지 않는 것의 차이는 없고 존재의 가치는 동등하고 중량과 질량도 균등하다. 하지만 사람은 보이는 것에 집중하고 그것을 얻기 위해 사력을 다한다. 둘 중 무엇이 더 중요한지 왜 존재하는지도 가늠하지 않고 보이는 것을 찾는다. 보이지 않는 것의 대명사는 사람의 마음이다. 태산이 아무리 높아도 태평양이 넓어도 내가 작다고 하면 작고 아주 작은 섬 하나도 크다고 생각하면 크다. 마음은 뇌의 움직임이지만 얼마든지 변화할 수 있고 부정하면 있는 것도 없는 것이 된다. 열 길 물속은 알아도 한 길 사람 마음은 모른다는 말이 그냥 생긴 게 아니다. 그런 사람의 마음을 측정하는 방법은 없지만 물욕을 대하면 금방 알 수 있다. 보이지 않는 대표적인 것은 나무의 뿌리다. 우람한 나무가 서 있는 것을 보고 감탄하지만 그 밑의 뿌리는 생각하지 못한다. 사람의 눈은 착지점에 머물러 확장하는 작용을 거부한다. 오직 마음의 눈으로 뿌리를 볼 수 있다. 줄기에서 뿌리에 가까운 곳을 밑동이라 부르지만 뿌리 위부터가 밑동이라고 할 수 있다. 근본부터 말한다면 밑동이 없는 나무는 있을 수가 없고 밑동은 뿌리에서 받쳐 주는 힘으로 줄기를 지탱하는데 사람은 가지와 잎만 보고 밑동과 뿌리의 가치를 잊는다. 김유진 시인은 나무의 밑동을 보고 삶의 원점을 잊은 사람들의 이기심을 그렸다. 지평선에 엎드린 나무들이 뇌우에 맞아 쓰러지고 삶의 자국을 검게 그을린 채 초라하게 누워 있는 장면에서 나무와 사람의 삶은 같다는 것을 보았다. 비와 바람에 맞서 자연을 이겨 낸 나무와 온갖 시련을 딛고 선 사람들의 삶을 통해 얼마나 많은 고난을 겪는가에 따라 더 단단하고 튼튼하게 된다는 것을 본 것이다. 개구리 올챙이 적 삶을 잊는다는 말은 바로 이런 뜻이다. 근본을 알아야 미래가 우뚝하다는 것을 명심하자.

익숙한 것은

무릎의 기다림입니다

한곳에 멈추어 움직임의 시선을 찾습니다

물기 젖은 바닥에 발을 밀착하고

먼지 묻은 검정 구두 보듯 다른 세계로 뛸 준비를 합니다

구름이나 먼지의 하늘이 여기 살지는 않습니다

오로지 한 발 물러서서

뒷모습이나 신발을 잘 관찰하기만 하면 살아남습니다

시간이 한적한지 오로지 따라오고

특성상 근심이 허리에 붙었다가 금세 떨어집니다

누군가 부르는 목청 앞에서

뒷면을 생각하며 발끝에 어둠을 접어 넣고 사슴처럼 뛥니다

발목 아래 그의 미래를 슬쩍 걸어 두지만

최선이 무지개라고 말할 때

기다려라, 한 뼘만 더 달려가면 장군이 되겠습니다

시간이 도수가 높아져 보이지 않을 때까지

—「웨이터」 전문

지구상의 사람 동네에 각종 직업은 대략 6만 종류가 넘으

며 해마다 수백 가지가 사라지고 수백 가지가 생긴다고 한다. 직업의 원류는 대신해 주는 사람이다. 최초의 직업은 사냥 못하는 사람을 대신하여 사냥해 주고 대가를 받는 데서부터 생겼다고 하고 대가를 받고 성을 매매한 것에서 직업이 생겼다고 하지만 모두가 남에게 없는 것이나 남이 원하는 것을 대신해 주고 대가를 받은 것으로부터다. 그런 직업이 최초에는 하나둘에 그쳤으나 문명이 발달하며 여러 가지 생활 방법이 생겨나고 직업도 그에 따라 번창해 왔다. 요즘에는 남의 손톱 발톱을 깎아 다듬어 주는 직업과 뒤를 밟아 주는 직업, 심지어 범죄행위를 대신해 주는 직업까지 다양한 직업이 성행한다. 그런 것으로 봤을 때 가장 위대한 직업과 가장 천한 직업을 논하는 것은 어리석다. 삶의 방법으로 택한 일은 나무랄 일도 아니고 말릴 것도 아니다. 그냥 살기 위하여 일한다고 격려해 주면 족하다. 웨이터는 호텔이나 서양식 식당에서 음식을 나르며 손님을 접대하는 사람을 일컫는다. 화려하고 깨끗한 복장을 항상 유지해야 하고 어떠한 상황에서도 웃음을 잃지 않아야 가능한 일이다. 조선 시대에서 바라본다면 천한 종이지만 현대에서는 가끔 선망의 직업이기도 하다. 하지만 가장 힘든 직업이다. 로봇같이 움직임이 동일해야 하는 조건에 상황에 따라 여러 가지 일에 대처해야 하는 순발력이 요구되는 직종이다. 김유진 시인은 누군가의 부르는 소리에 뛰어다니고, 뒷면 즉 삶을 위하여 발끝에 어둠을 접어 두고 사슴처럼 다니는 웨이터의 삶을 조명하여 사람이 어떻게 살아도 사람답게 살면

이겨 낸 삶이라는 것을 강조한다. 당장은 힘들지만 무지개는 반드시 떠오르고 인고의 기다림은 시간이 지나 도수가 높아지면 성공할 수 있다는 믿음을 준다. 직업은 살기 위한 방법일 뿐 높낮이가 있는 것은 아니다. 어떤 직업이든 모두가 신성하다는 시인의 감성은 사회의 모닥불이다.

4. 상상을 초월하는 상상력, 사물의 이해력이 있어야 시를 쓸 수 있다.

언어는 인간에 의해 설계되는 것이 아니다. 인간의 생물학적 재능의 일부로서 확고하게 이해한 다음에 과학적이든 철학적이든 언어를 하나의 연구 대상으로 삼는다면 접근하는 방법에 따라 상당한 변화가 있을 수밖에 없다. 따라서 언어로 구성하는 시의 특성상 그 의미를 전부 설명하지 못하는 것이다. 시인은 아주 복합적인 언어를 생각과 결부시키는 능력이 있는 사람을 말한다. 남보다 큰 눈, 큰 귀, 상상을 초월하는 상상력, 사물의 이해력이 있어야 시를 쓸 수 있다. 언어의 다양성 즉 언어 능력의 진화는 선택의 폭을 넓히기도 하고 좁히기도 하는데 모두 같은 의미를 지닌다. 폭을 넓게 보면 잔상이 많아 시를 흐트러지게 하고 너무 좁으면 작은 것을 놓치지 않는 세밀함이 있으나 곧바로 한계에 부딪힌다. 두 가지를 동시에 갖는 방법도 있으나 개개인의 능력이다. 이것은 어떻게 할 수가 없어 시인마다 지혜를 발휘해야 한다. 김유진 시인은 지혜가 높다. 있는 그대로 사물을 설명하는 데 그치지 않고 연관된 사물의 이미지를 계속 연결하는 능력을 갖췄다. 앞으로 문단에 길이 큰 작품을 남기리라는 기대가 크다.